SAUERLÄNDER

Mary Norton wurde 1903 in London, England, geboren und wuchs in einer alten georgianischen Villa in der Grafschaft Bedfordshire auf, dem Manor House. Dieses Haus und die Erinnerung an seine Ecken und Winkel waren Ursprung und Schauplatz für Mary Nortons berühmte Geschichten über die Borger. 1952 erschien ›Die Borger‹, der erste Band über Pod, Homily und Arrietty Clock, der noch im selben Jahr mit der begehrten Carnegie Medal ausgezeichnet wurde. Mary Norton zählt zu den führenden englischen Kinderbuchautorinnen der Nachkriegszeit. Sie starb 1992.

Foto: privat

Emilia Dziubak, 1982 geboren, studierte Graphik-Design an der Kunsthochschule in Posen, Polen. Seit 2010 arbeitet sie als freie Illustratorin. Das von ihr illustrierte Bilderbuch von Przemysław Wechterowicz ›Komm in meine Arme!‹ wurde von der Internationalen Jugendbibliothek ausgewählt für den White Ravens Katalog.

Weitere Informationen zum Kinder- und Jugendbuchprogramm der S. Fischer Verlage, auch zu E-Book-Ausgaben, gibt es bei www.blubberfisch.de und www.fischerverlage.de

Mary Norton

Die Borger in den Feldern

Aus dem Englischen von Christiane Jung

Mit Bildern von Emilia Dziubak

SAUERLÄNDER

MIX
Aus verantwortungs-
vollen Quellen
FSC® C084279

Erschienen bei FISCHER SAUERLÄNDER

Die englische Originalausgabe erschien 1955
unter dem Titel ›The Borrowers Afield‹

Illustrations published by arrangement with
Wydawnictwo Dwie Siostry, Warszawa (Poland)

Umschlaggestaltung: Regina Solf unter Verwendung
einer Illlustration von Emilia Dziubak
Satz: Fotosatz Amann, Memmingen
Druck und Bindung: Print Consult GmbH, München
Printed in Slovakia
ISBN 978-3-7373-5373-1

Tagebuch
mit
Sprichwörtern

Die Namen der Borger

*Die Borger besitzen nichts Eigenes –
alles ist geborgt, sogar ihre Namen.*

Die Clocks borgten sich ihren Namen von der alten Standuhr in der Halle, unter der sie wohnten. Auf Englisch heißt die Standuhr *clock*. Zur Familie der Clocks gehören Homily, Pod, Arrietty, Onkel Hendreary, Tante Lupy, Eggletina und ihre Geschwister.

Die Harpsichords lebten im Wohnzimmer hinter der Wandtäfelung. Früher stand vor der Wand einmal ein Cembalo, dessen Namen sie sich borgten. Auf Englisch heißt das Cembalo *harpsichord*. Bevor sie dort hinzogen, hießen sie allerdings Linen-Press, was auf Deutsch Wäschemangel bedeutet.

Die Rain-Pipes So heißt Tante Lupys Familie. Die Rain-Pipes lebten bei den Ställen und borgten sich ihren Namen von dem Rohr, durch das das Regenwasser vom Dach geleitet wurde und das auf Englisch *rain-pipe* heißt.

Die Overmantels borgten sich ihren Namen von dem hohen Kaminsims im Frühstückszimmer, hinter dem sie wohnten. Der Kaminsims heißt auf Englisch *overmantel*.

Die Sinks waren Jugendfreunde von Pod und Homily. Sie lebten in der Spülküche, wahrscheinlich in der Nähe des Waschbeckens. Auf Englisch heißt das Waschbecken *sink*.

Die Broom-Cupboards Auch sie waren früher Freunde von Pod und Homily. Ihrem Namen nach wohnten sie wohl in der Besenkammer, die auf Englisch *broom-cupboard* heißt.

Die Hon.-John-Studdingtons Hinter dem Bild des Ehrenwerten John Studdington lebte diese Familie, die sich den Namen des Mannes auf dem Bild borgte. »Ehrenwert« heißt auf Englisch *honourable*, abgekürzt *hon*.

Kapitel eins

WAS LANGE WÄHRT, WIRD ENDLICH GUT
721 v. Chr.: Erste dokumentierte Mondfinsternis
Auszug aus Arriettys Tagebuch mit Sprichwörtern vom 19. März

Es war Kate, die die Geschichte der Borger weitererzählte, als sie schon erwachsen war. Viele Jahre später schrieb sie alles für ihre eigenen vier Kinder auf. Sie sammelte Beweise, wie man sie für einen historischen Roman oder eine Biographie zusammenträgt: Ereignisse, an die sie sich erinnerte und die ihr erzählt worden waren, und ein paar Dinge – wir wollen es lieber gleich zugeben –, die sie bloß vermutete. Das allerwichtigste Beweisstück war ein viktorianisches Miniaturbuch mit vergilbten Seiten, das Kate in einem Forsthaus auf dem Anwesen der Studdingtons bei Leighton Buzzard in Bedfordshire gefunden hatte.

Der alte Förster Tom Goodenough hatte sich immer dagegen gesträubt, dass jemand die Geschichte aufschrieb. Aber da er nun schon seit vielen Jahren tot war,

Kates Kinder dagegen aber ausgesprochen lebendig, hoffte sie, dass er vielleicht jetzt, wo immer er auch sein mochte (und mit einem Namen wie »Goodenough« musste er einfach im Himmel sein), keine Einwände mehr haben und sie vielleicht verstehen und ihr verzeihen würde. Jedenfalls entschied sich Kate nach langem Überlegen, das Risiko einzugehen.

Als Kate selbst noch ein Kind war und mit ihren Eltern in London lebte, wohnte eine alte Dame in ihrem Haus (sie war, glaube ich, eine Art Verwandte). Ihr Name war Mrs May. Und es war Mrs May, die Kate an den langen Winterabenden am Kamin das Häkeln beibrachte und ihr dabei zuerst von den Borgern erzählte.

Zu jener Zeit zweifelte Kate nie an ihrer Existenz: Borger waren kleine Geschöpfe, die in ihrer Art kaum von Menschen zu unterscheiden waren und ein heimliches Leben unter dem Fußboden und hinter der Wandtäfelung alter, ruhiger Häuser führten. Erst später begann sie zu zweifeln (und wie sehr sie sich irrte, wirst du bald zu hören bekommen. Es sollten noch viel merkwürdigere Dinge passieren – überraschende und erstaunliche Dinge, von denen Mrs May niemals zu träumen gewagt hätte).

Die ursprüngliche Geschichte beruhte nur auf Hörensagen. Mrs May musste zugeben (und es war ihr recht schwergefallen, Kate davon zu überzeugen), dass sie selbst niemals einen Borger gesehen hatte. Alles, was sie von diesen Geschöpfen wusste, hatte sie sozusagen aus zweiter Hand von ihrem jüngeren Bruder gehört, der, wie sie gestand, nicht bloß ein kleiner Junge mit einer sehr lebhaften Phantasie gewesen war, sondern auch noch ein ziemlicher Schlingel. Und deshalb, entschied Kate, als sie später über all das nachdachte, konnte man die Geschichte entweder glauben oder nicht.

Und, um die Wahrheit zu sagen, neigte Kate im darauffolgenden Jahr eher dazu, sie nicht zu glauben. Sie verbarg die Geschichte der Borger zusammen mit all ihren anderen kindlichen Phantasien ganz hinten in ihrem Gedächtnis. In diesem Jahr wechselte sie die Schule, lernte neue Freunde kennen, bekam einen Hund, beschäftigte sich mit Rollschuhlaufen und lernte Radfahren. Keine Sekunde lang dachte Kate an die Borger. Deshalb bemerkte sie auch nicht die unterschwellige Aufregung in Mrs Mays sonst so ruhiger Stimme, als ihr diese an einem Frühlingsmorgen beim Frühstück einen Brief über den Tisch reichte und sagte: »Ich glaube, dies wird dich interessieren, Kate.«

Es interessierte Kate kein bisschen (zu dieser Zeit war sie ungefähr elf Jahre alt). Verwirrt las sie den Brief zweimal, konnte aber überhaupt nichts damit anfangen. Der Brief kam von einem Rechtsanwalt aus der Kanzlei Jobson, Thring, Beguid & Beguid. Nicht nur, dass er voll langer Wörter wie »Erbberechtigte« und »Rückübertragung« war; auch die weniger langen Wörter waren so zusammengestellt, dass Kate überhaupt nichts verstand. Was beispielsweise sollte »sofort bezugsfertig« bedeuten? Wie sehr sie auch darüber nachdachte, es ergab keinen Sinn. Namen gab es viele: Studdington, Goodenough, Amberforce, Pocklinton und offenbar eine ganze Familie, die ihren Namen »verstorben« mit einem kleinen »v« schrieb.

»Vielen Dank«, sagte Kate höflich und gab den Brief zurück.

»Vielleicht hättest du Lust«, sagte Mrs May mit leicht geröteten Wangen, »mit mir dort hinzufahren.«

»Wo hinzufahren?«, fragte Kate so unbestimmt wie möglich.

»Meine liebe Kate!«, rief Mrs May. »Wozu habe ich dir denn den Brief gezeigt? Nach Leighton Buzzard natürlich.«

Leighton Buzzard? Als Kate Jahre später ihren Kindern diesen Augenblick beschrieb, erzählte sie, wie ihr Herz beim Klang dieser Worte zu klopfen anfing, lange bevor sie deren Sinn erfasst hatte: Leighton Buzzard? Natürlich kannte sie diesen Namen. Hieß so nicht eine englische Kleinstadt auf dem Lande, irgendwo in Bedfordshire?

»Wo Großtante Sophys Haus stand«, kam Mrs May ihr zuvor. »Wo mein Bruder die Borger traf, wie er behauptete.« Und bevor Kate wieder Luft bekam, fuhr sie in selbstverständlichem Ton fort: »Ich habe ein kleines Häuschen auf dem Anwesen der Studdingtons geerbt, und …« Ihr Gesicht bekam noch mehr Farbe, als ob das, was sie sagen wollte, schier unglaublich erschien. »Dreihundertfünfundfünfzig Pfund. Genug«, fügte sie hinzu, »um es wieder herrichten zu lassen.«

Kate schwieg. Sie starrte Mrs May an und presste ihre gefalteten Hände gegen die Brust, als wollte sie damit ihr wild klopfendes Herz beruhigen.

»Können wir uns das Haus ansehen?«, fragte sie endlich heiser.

»Natürlich, darum fahren wir ja dorthin.«

»Ich meine, das große Haus, Tante Sophys Haus?«

»Oh, *das* Haus? Firbank Hall.« Mrs May war überrascht. »Ich weiß nicht. Wir könnten vielleicht fragen. Es hängt natürlich davon ab, wer jetzt dort wohnt.«

»Ich meine«, fuhr Kate fort und unterdrückte ihre Aufregung, »selbst wenn wir nicht hineindürfen, könntest du mir das Gitter zeigen und Arriettys Böschung. Und wenn die Leute die Haustür auch nur einen kleinen Spalt weit öffnen, könntest du mir zeigen, wo die Uhr stand. Du kannst einfach ganz schnell mit dem Finger dort hinzeigen.« Und als Mrs May immer noch zögerte, fügte Kate plötzlich etwas zornig hinzu: »Du hast doch auch an sie geglaubt, oder nicht? Oder war es«, ihre Stimme zitterte, »bloß eine Geschichte?«

»Und was wäre, wenn es bloß eine Geschichte war«, fragte Mrs May schnell, »solange es eine gute Geschichte war? Bewahre deinen Sinn für das Wunderbare, Kind, aber beharre nicht darauf, dass alles wahr ist. Alles, was wir nicht selbst erlebt haben, hört sich wie eine Geschichte an. Alles, was wir tun können, ist« – sie zögerte und lächelte über Kates Gesichtsausdruck –, »einen klaren Verstand zu bewahren und herauszufinden, was daran wahr sein könnte.«

Kate beruhigte sich etwas. Es gab eine Menge Hinweise, dachte sie. Schon lange bevor Mrs May von diesen Wesen erzählt hatte, hatte Kate geglaubt, dass es sie geben musste. Wie sonst war es zu erklären, dass bestimmte kleine Dinge im Haus ständig und auf unerklärliche Weise verschwanden?

Nicht nur Sicherheitsnadeln, Nähnadeln, Bleistifte, Löschpapier, Streichholzschachteln und all solche Dinge. Selbst Kate musste in ihrem erst kurzen Leben erfahren, dass man den Inhalt einer Schublade, die lange nicht geöffnet worden war, nie wieder so vorfand, wie man ihn in Erinnerung hatte: Irgendetwas fehlte immer: dein bestes Taschentuch, deine einzige Haarspange, das kleine rote Herz, der Glückspenny. »Aber ich *weiß*, dass ich ihn in diese Schublade gelegt habe!« Und wie oft hatte sie es andere Leute sagen hören? Genauso war es mit dem Dachboden: »Ich bin mir absolut sicher«, hatte Kates Mutter erst letzte Woche geklagt, als sie vor einem offenen Koffer kniete und verzweifelt nach einem Paar Schuhschnallen suchte, »dass ich sie zusammen mit der Straußenfeder in diese Kiste gelegt habe. Sie waren mit schwarzem Taft umhüllt, und ich habe sie hier hineingelegt, genau unter den Griff.« Und so war es auch mit Schreibpulten, Nähkörben und Knopfschachteln. Nie fand man genau so viel Tee in der Teedose, wie man noch am Abend vorher darin gesehen hatte. Und ebenso mit Reis oder Würfelzucker. Ja, entschied Kate, es gab zahlreiche Beweise für die Wahrheit dieser Geschichte, wenn man sie nur zu finden wusste.

»Ich glaube«, bemerkte sie nachdenklich, während sie ihre Serviette zusammenfaltete, »dass einige Häuser eher für Borger geeignet sind als andere.«

»In manchen Häusern«, sagte Mrs May, »gibt es überhaupt keine. Und nach dem, was mein Bruder sagte«, fuhr sie fort, »sind es merkwürdigerweise gerade die ordentlichen Häuser, die sie besonders anziehen. ›Borger‹, sagte er immer, ›sind stets auf der Hut. Sie müssen wissen, wo alle Sachen aufbewahrt werden und was jedes menschliche Wesen zu jeder Stunde des Tages tut.‹ In unordentlichen, lärmigen, schlecht geführten Haushalten kann man seltsamerweise seine Sachen ungestraft herumliegen lassen. Was die Borger angeht, meine ich«, fügte sie lachend hinzu:

»Können Borger überhaupt draußen leben?«, fragte Kate plötzlich.

»Nicht ohne Schwierigkeiten, nein«, sagte Mrs May. »Sie brauchen die Menschen. Sie leben von denselben Dingen, von denen auch Menschen leben.«

»Ich dachte nur an Pod und Homily und an Arrietty«, fuhr Kate fort, »ich meine, als sie in ihrer Wohnung unter dem Fußboden ausgeräuchert wurden, wie haben sie dann wohl weitergelebt?«

»Das frage ich mich auch oft«, sagte Mrs May.

»Glaubst du«, fragte Kate, »dass Arrietty der letzte lebende Borger gewesen ist? Wie dein Bruder zu ihr gesagt hat?«

»Ja, das sagte er, nicht wahr? Die Letzte ihrer Art. Ich hoffe doch sehr, dass es nicht dazu kam. Es war sehr unfreundlich von ihm«, fügte Mrs May nachdenklich hinzu.

»Ich frage mich trotzdem, wie sie es fertigbrachten, durch all diese Felder zu kommen. Glaubst du, dass sie den Dachsbau je gefunden haben?«

»Nun, das weiß ich nicht. Ich habe dir doch die Geschichte von dem Kissenbezugvorfall erzählt, als ich die Möbel aus dem Puppenhaus in einem Kopfkissenbezug dort hingetragen habe?«

»Und es roch irgendwie nach Essen? Aber das bedeutet nicht, dass unsere Familie dort angekommen war – Pod und Homily und Arrietty. Die Cousins lebten doch auch in dem Dachsbau, oder? Die Hendrearys. Es hätte ja auch ihr Essen sein können.«

»Das wäre möglich«, gab Mrs May zu.

Kate schwieg eine Weile, dann leuchtete ihr Gesicht plötzlich auf, und sie drehte sich auf ihrem Stuhl herum.

»Wenn wir fahren«, rief sie, und Ehrfurcht lag in ihrem Blick, als sähe sie etwas Wunderbares vor sich, »wo übernachten wir dann? In einem *Wirtshaus*?«

Kapitel zwei

OHNE FLEISS KEIN PREIS
1891: Angriff auf die britische Residenz in Manipur
Auszug aus Arriettys Tagebuch mit Sprichwörtern vom 24. März

Nie wird etwas so, wie man es sich vorher ausgemalt hat. Das »Wirtshaus« war so ein Beispiel und auch Großtante Sophys Haus: Keines von beiden entsprach Kates Vorstellungen.

In einem Wirtshaus sollte man natürlich nicht um drei Uhr nachmittags ankommen, sondern nachts, vorzugsweise in einer regnerischen Nacht, mit viel Wind, wenn möglich. Und es musste in einem Moor liegen (»unheimlich« war das Wort dafür, so viel wusste Kate). Und es musste Küchenmägde geben und einen dicken Wirt mit vielen Fettflecken auf dem Hemd und einem Küchenhandtuch über dem Bauch. Und ein großer dunkler Fremder hatte dort zu sein – ein Fremder, der mit keinem sprach und seine Hände am Feuer wärmte. Und das Feuer musste auch ein *richtiges* Feuer sein: Die unglaublich großen Holzscheite mussten krachen und lodern und ihr riesiges Herz hinauf in den Kamin brüllen. Und in der Nähe musste ein großer Kessel stehen, fand Kate, und vielleicht noch ein paar Hunde, die auf dem Boden lagen.

Aber hier gab es nichts von alledem: nur eine stille, junge Frau in einer weißen Bluse, die ihre Namen an der Rezeption ins Gästebuch eintrug, ein Dienstmädchen, das Maureen hieß (blond), und eins mit Namen Margaret (mausgrau mit einer dicken Brille) sowie einen älteren Diener, dessen Haare hinten am Kopf überhaupt nicht zum vorderen Teil passten. Das »Feuer« bestand nicht aus Holzscheiten, sondern aus künstlichen Kohlen, die eine elektrische Flamme beleuchtete. Und was am allerschlimmsten war: Vor dem Feuer stand statt eines großen dunklen Fremden Mr Beguid, der Rechtsanwalt (sprich: »Begood«), plump, rosa, mit seltsam kaltem Blick. Er hatte silbergraue Haare und stahlgraue Augen.

Doch draußen sah Kate den strahlenden Frühlingssonnenschein, und sie mochte ihr Zimmer, aus dessen Fenster man auf den Marktplatz sehen konnte, seinen großen Mahagonischrank und die Buchstaben H und K auf den Wasserhähnen. Und sie wusste, dass sie sich morgen das Haus ansehen würden, dieses sagenhafte, geheimnisvolle Haus, das nun auf einmal so wirklich geworden war, kein Haus aus luftigen Phantasien, sondern aus soliden Ziegelsteinen und Mörtel, das keine zwei Meilen von hier auf seinem Anwesen stand. So nah, dachte Kate, dass sie nach dem Tee dort hingehen könnten, wenn Mrs May nicht so viel mit Mr Beguid redete.

Aber als sie am nächsten Morgen endlich dorthin aufbrachen (Mrs May in ihrem langen Lodenmantel und ihrem Spazierstock aus Kirschholz in der Hand), war Kate beim Anblick des Hauses ziemlich enttäuscht. Es sah überhaupt nicht so aus wie in ihrer Phantasie und glich in ihren Augen eher einer Baracke aus roten Ziegeln mit ein paar Fensterreihen, die sie mit leerem Blick ansahen, als seien sie blind.

»Sie haben den Efeu abgerissen«, sagte Mrs May. Sie hörte sich auch ein bisschen überrascht an. Aber nach einer Weile, als sie beide am Anfang der Auffahrt standen, schien sie sich gesammelt zu haben und sagte mit lebhafter Stimme: »Und das war auch vollkommen richtig. Denn es gibt nichts, was das Mauerwerk so kaputtmacht wie Efeu.« Als sie langsam die Auffahrt hinaufgingen, erklärte sie Kate, dass dieses Haus schon immer als ein besonders schönes Exemplar georgianischer Bauweise gegolten habe.

»War es wirklich *hier*?«, fragte Kate immer wieder

ungläubig, als hätte Mrs May sich vielleicht geirrt. »Natürlich, meine Liebe, sei nicht so dumm. Hier stand der Apfelbaum, der Boskop am Gartentor, und hinter dem dritten Fenster von links, dem mit den Gitterstäben, lag mein Schlafzimmer, als ich die letzten Male hier wohnte. Das Kinderschlafzimmer liegt natürlich auf der anderen Seite. Und da ist der Küchengarten. Wir sprangen immer von der Mauer auf den Komposthaufen, mein Bruder und ich. Sie soll zehn Fuß hoch sein. Ich erinnere mich, dass Crampfurl eines Tages mit uns schimpfte und sie mit seinem Besen ausmaß.«

Crampfurl? Also hatte es ihn wirklich gegeben?

Die Haustür stand offen (wie es, fiel Kate plötzlich ein, vor Jahren gewesen war, an diesem für immer unvergessenen Tag, als Arrietty zum ersten Mal das Grün draußen vor der Tür gesehen hatte), und die Strahlen der Frühlingssonne ergossen sich über die neu geweißten Stufen in die dahinterliegende dunkle Halle. Sie schufen einen Lichtvorhang, durch den man nur schwer hindurchsehen konnte. Neben der untersten Stufe erblickte Kate einen eisernen Schuhkratzer. War es derselbe, an dem Arrietty hinuntergeklettert war? Ihr Herz schlug etwas schneller. »Wo ist das Gitter?«, flüsterte sie, als Mrs May an der Türklingel zog (sie hörten sie in der Dämmerung schrillen, es hörte sich sehr weit weg an).

»Welches Gitter?«, fragte Mrs May. Sie trat ein paar Schritte auf dem Kiesweg zurück und sah an der Hausfront entlang. »Dort«, sagte sie mit leiser Stimme und nickte kurz. »Es ist repariert worden«, flüsterte sie, »aber es ist immer noch dasselbe.«

Kate ging langsam auf das Gitter zu. Ja, da war es, das Gitter, durch das die Borger entkommen waren, Pod, Homily und Arrietty. Da war der grünliche Moosfleck, und ein paar Ziegelsteine sahen neuer aus als die anderen. Es lag höher, als sie es sich vorgestellt hatte. Sie hatten springen müssen, um herauszukommen. Sie ging auf das Gitter zu, bückte sich und versuchte hineinzusehen: nur feuchte Dunkelheit, das war alles. Dies war also ihr Heim gewesen.

»Kate«, rief Mrs May leise von der Tür (genauso, wie Pod Arrietty gerufen haben musste an dem Tag, als sie den Weg hinuntergelaufen war), und Kate drehte sich um und sah plötzlich etwas, das sie wiedererkannte. Etwas, das tatsächlich so war, wie sie es sich vorgestellt hatte: die Böschung mit den Schlüsselblumen, zarte blaugrüne Blätter zwischen dem Wintergras, besprenkelt, fast durchnässt mit blassem Gold. Und aus dem Azaleenbusch war ein Baum geworden.

Nach einer Weile rief Mrs May wieder, und Kate ging zurück zur Haustür. »Wir klingeln lieber noch mal«, sagte sie, und wieder hörten sie das geisterhafte Schrillen. »Es klingelt neben der Küche«, erklärte Mrs May flüsternd, »gleich hinter der grünen Schwingtür.«

(»DIE GRÜNE SCHWINGTÜR«, es schien Kate, als spräche sie diese Worte in Großbuchstaben.)

Schließlich sahen sie eine Person durch die Sonnenstrahlen kommen. Es war ein schlampig aussehendes Mädchen mit einer nassen Schürze aus Sackleinen; ihre nackten Füße steckten in abgelaufenen Sandalen.

»Ja?«, fragte sie und blinzelte in die Sonne.

Mrs May richtete sich auf. »Ich würde gern wissen«, sagte sie, »ob ich den Besitzer dieses Hauses sprechen könnte.«

»Sie meinen Mr Dawsett-Poole?«, fragte das Mädchen, »oder meinen Sie den Direktor?« Sie hob ihren Arm und beschattete ihre Augen, ein tropfnasser Feudel baumelte an ihrer schmutzigen Hand.

»Oh!«, rief Mrs May aus. »Ist dies eine Schule?«

Kate hielt den Atem an, das würde allerdings das schäbige Aussehen des Hauses erklären.

»Na, das war es doch wohl immer, oder nicht?«, sagte das Mädchen.

»Nein«, antwortete Mrs May, »nicht immer. Als Kind habe ich hier einmal gewohnt. Könnte ich dann vielleicht mit der Person sprechen, die hier die Leitung übernommen hat?«

»Hier ist nur meine Mama«, sagte das Mädchen. »Sie ist die Hausmeisterin. Sie sind alle über Ostern weg, die Lehrer und alle.«

»Nun, in diesem Fall«, begann Mrs May unsicher, »will ich dich nicht weiter aufhalten.« Sie wollte sich schon abwenden, als Kate sich einen Ruck gab und das Mädchen ansprach: »Könnten wir uns nicht kurz die Halle ansehen?«

»Meinetwegen«, sagte das Mädchen etwas überrascht und trat langsam in den Schatten zurück, um ihnen Platz zu machen. »Ist mir recht.«

Sie traten durch den Lichtschleier in die dämmrige Kühle. Kate sah sich um: Die Halle war groß, hoch und getäfelt, und dort lag die Treppe, die nach oben führte, in »eine andere Welt«, wie Arrietty es beschrieben hatte. Trotzdem sah alles anders aus: Der Fußboden war mit glänzendem dunkelgrünen Linoleum ausgelegt, und der Geruch von Seifenwasser und Bohnerwachs hing in der Luft.

»Hier drunter liegt ein wunderschöner Steinfußboden«, sagte Mrs May und klopfte mit ihrem Spazierstock auf das Linoleum.

Das Mädchen sah sie einen Moment lang verwundert

an, dann wandte sie sich gelangweilt ab und verschwand schlurfend in dem dunklen Gang hinter dem Treppenhaus.

Kate wollte gerade etwas sagen, als sie eine Berührung am Arm fühlte. »Hör doch«, zischte Mrs May scharf. Kate hielt den Atem an, um die Stille nicht zu stören, und hörte einen seltsamen Laut: eine Mischung aus Seufzen und Klagen. Mrs May nickte. »Das ist es«, flüsterte sie, »das Geräusch der grünen Schwingtür.«

»Und wo stand die Uhr?«, fragte Kate. Mrs May deutete auf einen Teil der Wand, der jetzt mit einer Reihe Kleiderhaken verziert war. »Dort. Pods Loch muss genau da gewesen sein, wo jetzt die Heizung steht. Eine Heizung, das wäre etwas nach ihrem Geschmack gewesen.« Sie zeigte auf eine Tür auf der anderen Seite der Halle, an welcher nun mit sauberen weißen Buchstaben »Direktion« stand. »Und das war das Frühstückszimmer«, sagte sie.

»Wo die Overmantels wohnten? Und wo Pod das Löschpapier geborgt hat?« Kate sah die Tür einen Augenblick lang an. Bevor Mrs May sie aufhalten konnte, lief sie hinüber und versuchte, die Tür zu öffnen.

»Nicht, Kate, das darfst du nicht. Komm zurück!«

»Sie ist verschlossen«, sagte Kate und wandte sich von der Tür ab. »Können wir nicht nach oben gehen?«, fuhr sie fort. »Ich würde so gern das Kinderschlafzimmer sehen. Ich kann auch ganz leise gehen.«

»Nein, Kate, komm jetzt, wir müssen gehen. Wir haben kein Recht, uns hier überhaupt aufzuhalten.« Und Mrs May ging entschlossen zur Tür.

»Kann ich eben kurz zum Küchenfenster hineinsehen?«, bat Kate schließlich, als sie wieder draußen in der Sonne standen.

»Nein, Kate«, sagte Mrs May.

»Bloß, um zu sehen, wo sie wohnten, wo das Loch unter dem Ofen war, das Pod als Rutsche benutzte. *Bitte!*«

»Gut, aber mach schnell«, sagte Mrs May. Sie warf einen nervösen Blick in alle Richtungen, als Kate den Weg hinunterflitzte.

Aber auch dies war eine Enttäuschung. Kate wusste anhand des Gitters, wo die Küche liegen musste. Sie reckte sich bis zum Fenster hoch und drückte ihre Nase dagegen, wobei sie die Hände als Sonnenschutz an ihr Gesicht hielt. Nach und nach konnte sie den Raum erkennen, aber er sah überhaupt nicht mehr wie eine Küche aus: Regale voller Flaschen, glänzende Destillationskolben, schwere klobige Tische, ganze Reihen mit Bunsenbrennern. Die Küche war jetzt ein Chemielabor.

Und das war's. Auf dem Heimweg pflückte Kate einen

kleinen Veilchenstrauß. Es gab Kalbfleisch und Ham Pie mit Salat zum Mittag, und zum Nachtisch Pflaumen mit Quarkspeise oder Biskuitrolle. Und nach dem Essen kam Mr Beguid mit dem Wagen und seinem Chauffeur, um sie zur Besichtigung der Hütte abzuholen.

Zuerst wollte Kate nicht mitfahren. Sie hatte sich heimlich überlegt, nach Perkins Beck zu gehen und allein nach Dachshöhlen zu suchen; aber als Mrs May ihr erklärte, dass diese Wiese genau hinter dem Haus lag, und weil Mr Beguid allmählich lange und eindeutig genug aus dem Fenster gesehen hatte (mit einem gelangweilten, trockenen Wenn-das-meine-Tochter-wäre-Ausdruck im Gesicht), entschied sich Kate, doch mit im Auto zu fahren, nur um ihn zu ärgern. Und es war gut (wie sie später ihren eigenen Kindern erzählte), dass sie es tat: Denn sonst hätte sie wohl niemals mit *ihm* gesprochen oder, was viel wichtiger war, sich mit *ihm* angefreundet: mit Thomas Goodenough.

Kapitel drei

JEDER MENSCH IST VERWUNDBAR
1809: Tod von Anna Seward
Auszug aus Arriettys Tagebuch mit Sprichwörtern vom 25. März

Und was die Bezugsfertigkeit betrifft«, sagte Mrs May im Auto, »er zieht doch wohl aus, dieser alte Mann? Ich habe seinen Namen vergessen.«

»Der alte Tom Goodenough? Ja, ja, der zieht schon aus. Wir haben einen Platz im Armenhaus für ihn. Nicht«, fügte Mr Beguid mit kurzem Lachen hinzu, »dass er es verdient hätte.«

»Warum nicht?«, fragte Kate in ihrer direkten Art. Mr Beguid sah sie an, er schien etwas verblüfft zu sein, so als hätte ein Hund gesprochen. »Weil«, sagte er und ignorierte Kate, indem er mit Mrs May sprach, »er ein anstrengender alter Aufschneider ist, darum.« Wieder lachte er sein selbstgefälliges, kurzes Lachen. »Und der größte Lügner aller fünf Grafschaften, wie die Leute im Dorf sagen.«

Das Haus stand mitten auf einer Wiese. Es lag etwas höher, und seine Rückwand zeigte gegen den Wald. Es sah verlassen aus, fand Kate, als sie mühsam die Böschung zum Haus hinaufkletterten, aber das Strohdach schien in Ordnung zu sein. Neben der Eingangstür stand eine Regentonne; sie tropfte etwas und war grün von Moos. Der Steinweg war glitschig, und ein dünnes Rinnsal verlor sich tröpfelnd zwischen Sauerampfer und Disteln. Ganz hinten stand ein Holzschuppen, an dessen Wand Kate mehrere Tierhäute erblickte, die dort zum Trocknen angenagelt waren.

»Ich hätte nicht gedacht, dass es so entlegen ist«, schnaufte Mrs May, als Mr Beguid hart an die Haustür klopfte, von der die Farbe abblätterte. Sie zeigte mit ihrem Stock auf den versunkenen Pfad in der abschüssigen Wiese. »Wir werden hier einen richtigen Weg anlegen müssen.«

Kate hörte von drinnen ein schlurfendes Geräusch. Mr Beguid klopfte wieder und rief ungeduldig: »Nun los, alter Tom, mach schon auf!«

Man hörte Schritte, und als die Tür quietschend aufging, sah Kate einen alten Mann, groß, dünn, aber mit sehr breiten Schultern. Sein Kopf fiel etwas seitlich auf seine Brust, und wenn er lächelte (was er sofort tat), trat ein schelmischer Ausdruck in sein Gesicht. Er hatte strahlende dunkle, erstaunlich klare Augen, die er sofort auf Kate richtete.

»Nun, Tom«, sagte Mr Beguid munter, »wie geht's denn heute? Besser, hoffe ich. Dies ist Mrs May, die Dame, der dieses Haus gehört. Dürfen wir hereinkommen?«

»Ich hab nichts zu verbergen«, sagte der alte Mann und trat langsam zurück, um sie vorbeizulassen, aber er lächelte nur Kate an. Es war, als ob er Mr Beguid gar nicht sah, dachte Kate.

Sie traten nacheinander in den Hauptraum. Er war ziemlich kahl, aber ordentlich, außer einem Haufen Rinde auf dem Steinfußboden und einem Stapel Zweige, die neben dem Fenster lagen. Kate hielt es für Brennholz. Ein kleines Feuer qualmte auf einem rußgeschwärzten Rost, das eine Art Ofen zu sein schien.

»Sie haben ein bisschen aufgeräumt, wie ich sehe«, sagte Mr Beguid und sah sich um. »Nicht, dass das irgendwie wichtig wäre. Aber«, fügte er, zu Mrs May gewandt, hinzu, wobei er seine Stimme kaum senkte, »an Ihrer Stelle würde ich das ganze Haus von oben bis unten reinigen und ausräuchern lassen, bevor die Bauarbeiter kommen.«

»Ich finde, es sieht sehr schön aus!«, rief Kate herzlich, schockiert von seinem unfreundlichen Benehmen, und Mrs May beeilte sich, ihr zuzustimmen, und blickte den alten Mann freundlich an.

Der alte Tom ließ nicht erkennen, ob er etwas gehört hatte. Er stand ruhig da, sah auf Kate herab und lächelte sein geheimnisvolles Lächeln.

»Die Treppe ist hier hinten«, sagte Mr Beguid und ging voran auf eine Tür zu. »Und hier«, hörten sie ihn sagen, »ist die Waschküche.« Mrs May, die ihm folgte, zögerte an der Türschwelle. »Willst du nicht mitkommen, Kate, und dir das Haus ansehen?«

Kate blieb stur dort stehen, wo sie war. Sie warf einen Blick auf den alten Mann und dann wieder auf Mrs May. »Nein danke«, sagte sie kurz. Und als Mrs May etwas überrascht Mr Beguid in die Waschküche folgte, ging Kate zu dem Haufen geschälter Zweige. »Was machen Sie damit?«, fragte sie schließlich etwas schüchtern. Der alte Mann erwachte aus seinen Traumzustand. »Damit?«, fragte er mit seiner sanften Stimme. »Das ist Reisig zum Dachdecken.« Er nahm ein Messer, fuhr mit seinem schwieligen Daumen über die Schneide, zog einen niedrigen Schemel heran und setzte sich. »Komm her zu mir«, sagte er, »ich zeig's dir.«

Kate stellte einen Stuhl neben ihn und sah ihm still zu, als er mehrere kurze Haselnusszweige schnitt, die sie für Feuerholz gehalten hatte. Nach einer Weile sagte er sanft, ohne aufzublicken: »Man sollte ihn gar nicht beachten.«

»Mr Beguid?«, fragte Kate. »Das tue ich auch nicht. Was für ein dummer Name. ›Be good‹! Verglichen mit Ihrem, meine ich«, fügte sie herzlich hinzu. »Tom Goodenough – was immer Sie auch tun, mit einem solchen Namen kann nichts schiefgehen.«

Der alte Mann drehte seinen Kopf warnend zur Waschküche. Er lauschte einen Augenblick, dann sagte er: »Sie gehn nach oben«, und Kate hörte schwerfällige Schritte auf den Holzstufen. »Weißt du, wie lange ich schon in diesem Haus lebe?«, fragte der alte Mann immer noch lauschend, während die Schritte in dem Zimmer über ihnen, das wahrscheinlich sein Schlafzimmer war, hin und her gingen. »Beinahe achtzig Jahre«, sagte er nach einer Weile. Er nahm einen geschälten Zweig und fasste ihn fest an beiden Enden.

»Und jetzt müssen Sie ausziehen?«, fragte Kate und beobachtete seine Hände, die sich fester um das Holz schlossen.

Der alte Mann lachte, als hätte sie einen Witz gemacht: Er lachte ganz still vor sich hin und schüttelte dabei seinen Kopf. »Das behaupten *die*«, sagte er mit amüsierter Stimme, und mit einem Dreh seiner beiden Handgelenke wrang er das feste Reisig wie ein nasses

Kleidungsstück und legte es gleichzeitig doppelt zusammen. »Aber ich werde nicht gehen«, fügte er hinzu und warf den gedrehten Zweig auf den Haufen.

»Aber es will Sie doch sicher niemand hinauswerfen«, sagte Kate, »nicht, wenn Sie nicht gehen wollen. Zumindest«, fügte sie vorsichtig hinzu, »glaube ich nicht, dass Mrs May es tut.«

»Di-i-i-e-e?«, sagte er mit lang gezogenem »i« und sah zur Decke hinauf. »Die ist doch mit ihm im Bunde.«

»Früher kam sie oft hierher und wohnte hier«, erzählte Kate ihm, »als sie ein Kind war. Wussten Sie das? Unten im großen Haus. Firbank heißt es, nicht wahr?«

»Tjaja«, sagte er.

»Kannten Sie sie?«, fragte Kate neugierig. »Sie wurde Miss Ada genannt.«

»Allerdings kannte ich Miss Ada«, sagte der alte Mann, »und ihre Tante. *Und* ihren Bruder.« Er lachte wieder. »Ich kannte die ganze Sippschaft, wenn du's genau wissen willst.«

Als er sprach, hatte Kate ein seltsames Gefühl. Es war, als hätte sie diese Worte schon einmal gehört, von einem ebenso alten Mann wie diesem, und sie meinte sich zu erinnern, dass es an einem ähnlichen Ort gewesen war: in einer dunklen Hütte mit einem sonnigen Fenster an einem strahlenden, aber kalten Frühlingstag. Verwundert blickte sie die weißgetünchten Wände an. Die Farbe blätterte ein wenig ab, in einer Art Muster, an das sie sich zu erinnern schien. Sogar die Löcher und Risse des abgetretenen Ziegelsteinfußbodens schienen ihr seltsam vertraut. Merkwürdig, war sie doch (dessen war sie sich sicher) niemals zuvor hier gewesen. Sie sah wieder den alten Mann an und sammelte Mut, um noch einen Schritt weiterzugehen. »Kannten Sie Crampfurl?«, fragte sie nach einer Weile, und bevor er antworten konnte, wusste sie schon, was er sagen würde.

»Allerdings kannte ich Crampfurl«, sagte der alte Mann und lachte in sich hinein, als ob er sich über einen versteckten Witz amüsierte.

»Und Mrs Driver, die Köchin?«

Hier wurde der Witz fast zu viel für den alten Tom. »Tjaja«, sagte er keuchend vor unterdrücktem Gelächter. »Mrs Driver!« Und er wischte sich mit seinem Ärmel die Augenwinkel.

»Kannten Sie Rosa Pickhatchet?«, fuhr Kate fort, »das Hausmädchen, das vor Schreck so laut schrie?«

»Nee«, sagte der alte Tom nickend und lachend. »Aber ich hab von ihr gehört, schrie das ganze Haus zusammen, haben sie erzählt.«

»Aber wissen Sie auch, warum?«, rief Kate aufgeregt.

Er schüttelte seinen Kopf. »Da gab's gar keinen Grund, soweit ich weiß.«

»Aber hat man Ihnen nicht erzählt, dass sie einen kleinen Mann auf dem Kaminsims im Frühstückszimmer gesehen hatte, so groß wie ein Porzellanamor. Dass sie dachte, er sei nur Nippes und ihn mit einem Staubwedel abstaubte, und dann nieste er plötzlich? Jeder würde da schreien«, schloss Kate atemlos.

»Warum?«, fragte der alte Tom und schälte geschickt die Rinde vom Holz, als wäre es ein Handschuh. »Sie tun einem nichts, die Borger. Und sie machen auch keine Unordnung, im Gegensatz zu Feldmäusen. Hat mich schon immer gestört, das ganze Getue, das um die Borger gemacht wird, das Gekreische und Geschrei und all das.« Liebevoll fuhr er mit einem Finger über den geschälten Ast. »Sie auszuräuchern und solche Spielchen, überhaupt nicht nötig, nicht bei Borgern. Die gehen ganz von selbst, wenn sie erst mal gesehen worden sind. Man muss ihnen nur Zeit lassen. Aber Feldmäuse ...«, der alte Mann brach ab, um seinen Zweig zu drehen, und hielt vor Anstrengung den Atem an.

»Nein!«, rief Kate, »bitte! Ich meine, erzählen Sie mir mehr von den Borgern.«

»Da gibt's nichts zu erzählen«, sagte der alte Mann, warf seinen Zweig auf den Haufen und nahm einen neuen. »Borger sind genauso wie Menschen, und was kann man von Menschen schon erzählen? Aber Feldmäuse – wenn diese Viecher erst mal einen Weg gefunden haben, wie sie ins Haus kommen können, dann hast du sie sozusagen auf dem Hals. Man kann nicht einmal einige Stunden weggehen, ohne dass man gleich die ganze Sippschaft drin hat, wie einen Schwarm Spatzen. Ein Chaos! Borger wird man ganz von selbst wieder los: Sie kommen, und dann sind sie wieder weg, wenn du verstehst, was ich meine. Man hat keine Last mit ihnen oder irgendwelche Unkosten. Ja«, fuhr er fort, »da gibt's keinen Zweifel: In so 'nem Haus wie diesem hier hat man mehr Ärger mit Feldmäusen, als ein Borger je machen kann. In so 'nem Haus wie diesem«, wiederholte er, »so am Waldrand, da können Borger eine richtig nette Gesellschaft sein.« Er blickte zur Decke hinauf, die leicht knarrte, als die Schritte im Zimmer über ihnen hin und her gingen. »Was meinst du, was sie da tun?«, fragte er.

»Ausmessen«, sagte Kate. »Mrs May hat einen Zollstock mitgebracht. Sie kommen bald runter«, fuhr sie hastig fort, »und ich will Sie noch etwas fragen, etwas Wichtiges. Wenn sie mich morgen auf einen Spaziergang schicken, alleine, meine ich, während sie über das Geschäftliche reden, kann ich dann herkommen und bei Ihnen sein?«

»Warum nicht?«, sagte der alte Mann und bearbeitete einen neuen Zweig. »Wenn du ein scharfes Messer mitbringst, zeig ich dir, wie man Reisig macht.«

»Wissen Sie«, sagte Kate eindringlich und senkte nach einem Blick zur Decke ihre Stimme, »ihr Bruder, Mrs Mays Bruder, oder Miss Adas oder wie immer Sie sie nennen wollen, er hat diese Borger in dem großen Haus *gesehen*!« Sie machte eine Pause, um die Wirkung ihrer Worte abzuwarten, und beobachtete dabei sein Gesicht.

»Na und?«, sagte der alte Mann unbeeindruckt. »Man braucht ja nur seine Augen offen zu halten. Ich hab Merkwürdigeres in meinem Leben gesehen als solche Geschöpfe. Nimm zum Beispiel Dachse. Also, du kommst morgen her, und ich erzähl dir was von Dachsen, da wirst du deinen Ohren nicht trauen, aber ich hab's mit eigenen Augen gesehen.«

»Aber haben Sie je einen *Borger* gesehen?«, rief Kate ungeduldig. »Haben Sie je einen von denen gesehen, die in dem großen Haus lebten?«

»Die aus den Ställen?«

»Nein, die, die unter der Küche wohnten?«

»Oh, die«, sagte er, »die wurden ausgeräuchert. Aber es stimmt nicht ...«, begann er und hob plötzlich seinen Kopf. Kate sah, dass es ein trauriges Gesicht war, wenn er nicht lächelte.

»Was stimmt nicht?«

»Was sie gesagt haben: dass ich ihnen das Frettchen auf den Hals gehetzt hätte. Würde ich nie tun. Nicht, wenn ich wüsste, dass es Borger sind.«

»Oh!«, rief Kate und kniete sich aufgeregt auf ihren Stuhl, »Sie waren der Junge mit dem Frettchen?«

Der alte Tom warf ihr einen Seitenblick zu. »Ich war ein Junge«, gab er vorsichtig zu, »und ich hatte ein Frettchen.«

»Aber sie sind doch entkommen, oder nicht?«, fragte Kate beharrlich. »Mrs May sagt, sie sind durch das Gitter geflohen.«

»Das stimmt«, sagte der alte Tom, »und dann über den Kiesweg die Böschung rauf.«

»Aber Sie wissen es nicht genau«, sagte Kate. »Sie haben sie nicht fliehen sehen. Oder haben *Sie* sie durch das Fenster gesehen?«

»Ich weiß es schon genau«, sagte Tom. »Es stimmt, ich hab sie durchs Fenster beobachtet, aber das war nicht der Grund.« Er zögerte und sah Kate an; er schien amüsiert, aber trotzdem auf der Hut.

»Bitte erzählen Sie es mir. Bitte …«, bat Kate.

Der alte Mann warf einen Blick zur Decke hinauf. »Weißt du, was *er* für einer ist?«, fragte er und senkte den Kopf.

»Mr Beguid? Ein Anwalt.«

Der alte Mann nickte. »Das stimmt. Und man will schließlich nicht, dass er irgendwas schriftlich festhält.«

»Das verstehe ich nicht«, sagte Kate.

Der alte Mann seufzte und nahm wieder sein Schnitzmesser zur Hand. »Alles, was ich *dir* erzähle, erzählst du *ihr*, und dann schreibt *er* alles auf.«

»Mrs May würde nichts erzählen«, sagte Kate, »sie ist …«

»Sie ist mit ihm im Bunde, das behaupte ich. Und es hat gar keinen Zweck, mir was anderes zu erzählen. Offenbar kann man nicht mehr dort sterben, wo man sterben möchte. Und weißt du auch, warum?«, fragte er und starrte Kate an. »Wegen der Sachen, die sie schriftlich festhalten.« Und mit einer wütenden Bewegung drehte er seinen Zweig zusammen. Kate sah ihn verblüfft an. »Und wenn ich verspreche, es niemandem zu erzählen?«, sagte sie schließlich mit leiser Stimme.

»Versprechen!«, rief der alte Mann. Er deutete mit einem Daumen zur Decke, wobei er Kate nicht aus den Augen ließ. »Ihr Großonkel, der alte Sir Montague, hat mir dieses Haus *versprochen.* ›Solange du lebst, Tom‹, hat er gesagt. Versprechen!«, wiederholte er wütend und spuckte das Wort beinahe aus. »Versprechen sind keinen Pfifferling wert.«

Kates Augen füllten sich mit Tränen. »Na gut«, sagte sie kurz, »ist mir egal. Dann erzählen Sie es mir eben nicht!«

Toms Gesichtsausdruck veränderte sich beinahe ebenso plötzlich. »Nun wein doch nicht, kleines Mädchen«, bat er überrascht und bekümmert.

Aber Kate konnte nicht aufhören: Die Tränen liefen ihr die Wangen hinunter, und ihre Nasenspitze fühlte sich heiß und geschwollen an. »Ich wollte ja bloß wissen«, schniefte sie und suchte nach einem Taschentuch, »ob es ihnen gutgeht und wie sie sich so durchschlagen und ob sie den Dachsbau gefunden haben.«

»Sie haben den Dachsbau gefunden«, sagte der alte Tom. »Jetzt wein doch nicht mehr, mein Mädchen.«

»Ich höre gleich auf«, versicherte Kate mit erstickter Stimme und putzte sich die Nase.

»Nun pass mal auf«, fuhr der alte Mann fort – er hörte sich ganz bestürzt an. »Jetzt trocknest du dir die Augen und hörst auf zu weinen, und der alte Tom zeigt dir was.« Umständlich stand er auf und beugte sich über sie, seine Schultern wie große schützende Flügel gesenkt. »Etwas, das dich freuen wird. Wie ist das, hm?«

»Das ist gut«, sagte Kate und wischte sich noch einmal über die Nase. Sie steckte ihr Taschentuch weg und lächelte ihn an. »Ich bin fertig.«

Der alte Tom steckte seine Hand in die Tasche, doch dann warf er einen ängstlichen Blick zur Decke und schien seine Meinung zu ändern: Für einen Moment hatte es sich so angehört, als ob die Schritte auf die Treppe zugingen. »Es ist alles in Ordnung«, flüsterte Kate, nachdem sie gelauscht hatte. Der alte Tom suchte wieder in seiner Tasche und zog eine verbeulte Blechdose heraus, in der Pfeifenraucher normalerweise ihren Tabak aufbewahren. Mit seinen knotigen Fingern fummelte er umständlich an dem Verschluss herum. Schließlich ging er auf, und heftig atmend klappte er den Deckel hoch und holte etwas heraus. »Hier«, sagte er. Und dort in seiner schwieligen Hand sah Kate das kleine Buch.

»Oh«, keuchte sie und sah es ungläubig an.

»Nimm es«, sagte der alte Tom, »es beißt nicht.« Als Kate zögernd ihre Hand ausstreckte, fügte er lächelnd hinzu: »Es ist Arriettys Tagebuch.« Aber Kate wusste es schon, bevor sie die verblassten Goldbuchstaben des Titels »Tagebuch mit Sprichwörtern« gesehen hatte.

Sie erkannte es, obwohl es verwittert und abgenutzt aussah und die Tinte, der Bleistift oder der Saft, oder was immer Arrietty zum Schreiben benutzt hatte, in verschiedene Schattierungen von Bräunlich-Grau bis zu einem merkwürdigen kränklichen Gelb verschwommen war. Es begann am 31. August, und das Sprichwort lautete: »Die Erde ist die beste Zuflucht«. Darunter stand die nüchterne Bemerkung: »1866: Erdbebenkatastrophe in Charleston, USA«. Auf derselben Seite standen in Arriettys kritzeliger Schrift drei Eintragungen für drei aufeinanderfolgende Jahre:

»Spinnen im Vorratsraum.«

»Mrs D. hat einen Topf fallen gelassen. Suppe tropft von der Decke.«

»Mit Spiller geredet.«

Wer war Spiller?, fragte Kate sich. Am 31. August? Das war, nachdem sie das große Haus verlassen hatten: Spiller musste zu ihrem neuen Leben gehören, dem Leben draußen. Sie blätterte ein paar Seiten zurück:

»Mutter gallig.«

»Grüne Perlen aufgezogen.«

»In die Hecke geklettert. Wenig Eier.«

In die Hecke geklettert? Arrietty musste nesträubern gewesen sein. Und es gab wenig Eier, weil (Kate sah auf das Datum), ja, weil es immer noch August war, und das Motto des Tages hieß: »Wer viel hat, verliert auch viel.«

»Wo haben Sie dieses Buch her?«, fragte Kate mit sich überschlagender Stimme.

»Ich hab's gefunden«, sagte der alte Tom.

»Aber wo?«, rief Kate.

»Hier«, sagte der alte Tom, und Kate sah seine Augen zum Kamin hinüberwandern.

»In diesem Haus!«, rief sie mit ungläubiger Stimme, und als sie in sein geheimnisvolles altes Gesicht blickte, fielen ihr plötzlich wieder Mr Beguids unfreundliche Worte ein: »Der größte Lügner aller fünf Grafschaften«. Aber hier in ihrer Hand lag das Buch; sie starrte darauf und versuchte, ihre Gedanken zu ordnen.

»Soll ich dir noch was zeigen?«, fragte er plötzlich eifrig, als könne er ihre Gedanken lesen: »Komm mit.« Kate stand langsam auf und folgte ihm wie eine Schlafwandlerin, als er zum Kamin hinüberging.

Der alte Mann bückte sich. Keuchend vor Anstrengung zog und zerrte er an einer schweren Holzkiste. Als er sie zur Seite schob, fiel ein Brett krachend um. Erschrocken blickte der alte Mann zur Decke hinauf. Kate beugte sich vor und sah, dass das Brett ein ziemlich großes Rattenloch in der Täfelung verdeckt hatte. Es sah aus wie eine geöffnete gotische Kirchentür.

»Siehst du?«, sagte der alte Tom, nachdem er, noch etwas atemlos von der Schieberei, eine Weile gelauscht hatte. »Es führt durch die ganze Waschküche: Sie bekamen Feuer von dieser Seite und Wasser von der anderen, Jahre haben sie hier gewohnt.«

Kate kniete sich hin und starrte in das Loch hinein.

»Hier? In Ihrem Haus?« Ihre Stimme klang immer beunruhigter und ungläubiger. »Sie meinen ... Pod? Und Homily? Und die kleine Arrietty?«

»Die auch«, sagte der alte Tom, »jedenfalls zum Schluss.«

»Aber haben sie nicht draußen gelebt? Danach hatte Arrietty sich doch so gesehnt.«

»Allerdings haben sie draußen gelebt.« Er lachte kurz auf. »Wenn man es überhaupt ›leben‹ nennen kann. Beziehungsweise, wenn man es ›draußen‹ nennen kann! Aber guck dir das hier an«, fuhr er sanft fort, und in seiner Stimme lag unverhohlener Stolz, »es führt in der Wand nach oben. Sie hatten Leitern, und alles im Fachwerk. Prima Wohnung hatten sie hier, sechs Stockwerke und Wasser auf jeder Etage. Siehst du das?«, fragte er und legte seine Hand auf ein rostiges Rohr. »Kommt von oben aus der Regenrinne und geht durch die Waschküche. Sie haben das Rohr angestochen, an sechs verschiedenen Stellen, und nie ein Tropfen oder ein Leck!«

Er stand einen Moment lang in Gedanken versunken da, dann schob er die Holzkiste wieder zurück und legte das Brett an seinen Platz. »Jahre haben sie hier gelebt«, sagte er zärtlich, und er seufzte ein wenig, als er sich wieder aufrichtete und seine Hände abklopfte.

»Aber *wer* hat hier gewohnt?«, flüsterte Kate hastig (die Schritte oben hatten den Flur überquert und gingen nun auf die Treppe zu). »Sie meinen doch nicht meine Borger? Sie haben gesagt, sie hätten den Dachsbau gefunden?«

»Sie haben den Dachsbau gefunden«, sagte der alte Tom und lachte sein kurzes Lachen.

»Aber woher wissen Sie das? Wer hat es Ihnen erzählt?« Zitternd vor Aufregung folgte sie ihm, als er zu seinem Schemel hinkte.

Der alte Tom setzte sich, suchte sich einen Zweig aus, und mit einer Ruhe, die einen verrückt machen konnte, prüfte er die Schneide seines Messers. »Sie hat's mir erzählt«, sagte er schließlich und zerschnitt den Zweig in drei Teile.

»Sie meinen, Sie haben mit Arrietty gesprochen?!« Warnend zog er bei ihrer lauten Stimme seine Augenbrauen hoch und hob den Kopf: Kate hörte, dass die Schritte nun die hölzernen Stufen herunterkamen. »Mit der redet man nicht«, flüsterte er, »nicht, solange sie noch ihre Zunge bewegen kann.«

Kate starrte ihn immer noch an. Hätte man ihr mit einem Holzscheit auf den Kopf geschlagen, hätte sie nicht verblüffter aussehen können. »Dann muss sie Ihnen alles erzählt haben!«, keuchte sie.

»Psst!«, sagte der alte Mann und blickte zur Tür. Mrs May und Mr Beguid hatten anscheinend den Fuß der Treppe erreicht und gingen, folgte man dem Klang ihrer Stimmen, noch einmal in die Waschküche, um einen letzten Blick darauf zu werfen. »Wenigstens zwei Spülbecken«, hörten sie Mrs Mays nüchterne Stimme.

»Fast alles erzählte Arrietty mir, würde ich sagen«, flüsterte der alte Tom. »Sie kroch fast jeden Abend raus, ziemlich regelmäßig.« Er lächelte, während er sprach, und sah zum Herd hinüber. Und Kate konnte in seinem Gesicht plötzlich deutlich das Bild aus der Vergangenheit erkennen: die vom Feuer erleuchtete Hütte, der einsame Junge beim Schnitzen und fast unsichtbar zwischen den Schatten dieses winzige Wesen, das vielleicht auf einer Streichholzschachtel saß. Die Stimme plätscherte dahin, weiter und weiter und weiter. Nach einiger Zeit, dachte Kate, nahm er sie wohl kaum noch wahr. Sie verschmolz mit den Geräuschen des Raumes, wie dem Blubbern des Wasserkessels oder dem Ticken der Uhr. Nacht für Nacht, Woche für Woche, Monat für Monat, Jahr für Jahr. Ja, tatsächlich, dachte Kate und starrte den alten Tom immer noch verblüfft an, obwohl in diesem Moment Mrs May und Mr Beguid ins Zimmer traten und laut über Waschbecken redeten: *Arrietty hatte Tom alles erzählt!*

Kapitel vier

DURCH DIE ERZÄHLUNG WERDEN GESCHICHTEN LEBENDIG
1882: Tod von Longfellow, amerikanischer Dichter
1891: Tod von Walt Whitman, amerikanischer Dichter
Auszug aus Arriettys Tagebuch mit Sprichwörtern vom 26. März

Alles, was jetzt zu tun war, dachte Kate (als sie in dieser Nacht in ihrem Bett lag und dem Gurgeln der Wasserrohre lauschte), war, den alten Tom dazu zu bringen, *ihr* alles ganz genau zu erzählen, so wie Arrietty ihm alles erzählt hatte. Und nachdem er schon so weit gegangen war, würde er es wohl auch tun, glaubte sie, trotz seiner Furcht, dass diese Dinge schriftlich festgehalten werden könnten. Und sie selbst würde es keinem Menschen erzählen, beschloss sie für sich. Zumindest nicht, solange er lebte (obwohl sie nicht verstand, warum es ihm so viel ausmachen sollte, wo er doch schon als »der größte Lügner aller fünf Grafschaften« galt). Es gab ihr Hoffnung, dass er Arriettys Tagebuch nicht zurückverlangt hatte: Es lag unter ihrem Kopfkissen, und dies war jedenfalls voller »schriftlich festgehaltener« Dinge. Nicht, dass sie die Eintragungen alle verstehen konnte: Sie waren zu kurz, wie kleine Überschriften. Arrietty hatte sie hineingeschrieben, um sich später an diese Tage zu erinnern. Aber manche von ihnen klangen ausgesprochen geheimnisvoll. Plötzlich kam ihr die Idee, wie sie alles herausbekommen konnte: Sie würde den alten Tom bitten, ihr die Eintragungen zu erklären. »Was mag Arrietty damit gemeint haben«, würde sie ihn fragen, »mit: Schwarze Männer. Mutter gerettet?«

Und ungefähr so geschah es auch. Während Mrs May das Geschäftliche mit den Herren Jobson, Thring, Beguid & Beguid besprach, sich mit den Bauarbeitern, den Klempnern und deren Gesellen herumstritt, spazierte Kate allein über Wiesen und Felder und besuchte den alten Tom.

An manchen Tagen (wie Kate später ihren Kindern erzählte) wirkte er ein bisschen argwöhnisch und uninteressiert, aber an anderen Tagen schien ein besonderer Eintrag im Tagebuch ihn zu inspirieren. Dann wuchsen seiner Phantasie Flügel, und er segelte auf solchen Wirbeln und Strudeln seiner Erinnerung dahin, dass Kate sprachlos dasaß und kaum glauben konnte, dass er nicht selbst ein Borger gewesen war. Und

Mrs May, erinnerte sich Kate, hatte genau das einmal von ihrem jüngeren Bruder behauptet: jenem Bruder, den der alte Tom gekannt hatte, obwohl er drei Jahre älter gewesen war. Waren sie Freunde gewesen? Dicke Freunde vielleicht? Auf jeden Fall schienen sie sich sehr ähnlich gewesen zu sein: der eine bekannt dafür, unglaubliche Geschichten zu erzählen, weil er »so ein Schlingel« war, der andere nüchtern bezeichnet als »der größte Lügner aller fünf Grafschaften«. Und aus dieser Überlegung heraus entschied sich Kate später, als sie erwachsen war, der ganzen Welt mitzuteilen, was mit Pod, Homily und Arrietty passiert war nach diesem schrecklichen Tag, als sie in ihrer Wohnung unter der Küche ausgeräuchert wurden und in der Wildnis draußen Zuflucht suchten.

Hier ist ihre Geschichte: alles »schriftlich festgehalten«. Wir können selbst die Beweise für die Wahrheit herausfinden.

Kapitel fünf

MIT KLEINEN SCHRITTEN KOMMT MAN AUCH ANS ZIEL
1866: Eröffnung der Victoriabrücke in Montreal
Auszug aus Arriettys Tagebuch mit Sprichwörtern vom 25. August

Nun, zuerst liefen sie einfach drauflos, aber sie liefen in die richtige Richtung: die Azaleenböschung hinauf (wo Arrietty vor so vielen Monaten zum ersten Mal den Jungen getroffen hatte) und dann durch das hohe Gras. Homily wusste später nicht mehr, wie sie es schafften hindurchzukommen, überall standen Halme dicht an dicht. Und die Insekten! Homily hatte sich niemals träumen lassen, dass es so viele verschiedene Insekten gab: Es gab langsame, die an Grashalmen hingen, und schnell krabbelnde Insekten. Und dann gab es einige (und das waren die schlimmsten), die einen anstarrten und sich nicht gleich bewegten, sondern langsam und immer noch starrend zurückwichen. Es war, sagte Homily, als hätten sie sich vorgenommen, einen zu beißen, ihre Meinung aus Angst jedoch geändert.

»Böse sind sie«, sagte sie, »oh, böse, böse, böse.«

Während sie sich ihren Weg durch das hohe Gras bahnten, erstickten sie fast an den Pollen, die in Wolken von oben herabstoben. Es gab scharfkantige Blätter, die sich trügerisch weich hin- und herwiegten, an denen sie sich aber die Hände verletzten, wenn sie wie ein sanft gezogener Geigenbogen über die Haut glitten und dort blutige Schnitte hinterließen. Es gab knochentrockene verknotete Stiele, die sich an ihren Knöcheln verhakten und sie zum Stolpern brachten. Oft landeten sie auf einer dieser gepolsterten Pflanzen, die mit silbrigen spitzen Stacheln gespickt waren, die piksten und stachen. Hohes Gras, hohes Gras – noch Jahre danach blieb das Homilys Albtraum.

Danach mussten sie durch eine Ligusterhecke kriechen, um in den Obstgarten zu gelangen: Tote Blätter lagen unter den schwarzen Zweigen, tote Blätter und verrottete, vertrocknete Beeren, die sich hüfthoch neben ihnen erhoben, während sie sich durch die Hecke schlugen. Auch hier gab es wieder Insekten, die auf ihren Rücken fielen oder plötzlich loshüpften oder sich geschickt davonmachten.

Der Weg durch den Obstgarten war leichter, weil die Hühner dort gepickt und eine kahle Fläche aus lavafarbener Erde, so öde wie Heideland nach einem Brand,

hinterlassen hatten. Die Sicht war hervorragend. Aber wenn sie gut sehen konnten, konnten sie ebenso gut gesehen werden. Die Obstbäume standen weit auseinander und boten wenig Schutz. Jeder, der aus einem Fenster im ersten Stock des Hauses blickte, würde neugierig ausrufen: »Was läuft denn da durch den Obstgarten? Da, beim zweiten Baum von rechts, es sieht aus, als ob Blätter über den Boden fliegen. Aber es ist ganz windstill. Es sieht auch mehr so aus, als würde irgendetwas an einer Schnur über den Boden gezogen. Aber es ist zu gleichmäßig für einen Vogel.« Daran dachte Pod, als er Homily vorwärtsdrängte. »Oh, ich kann nicht mehr«, jammerte sie, »ich muss mich hinsetzen! Nur einen Moment, Pod, bitte!«

Aber Pod war unerbittlich. »Du kannst dich hinsetzen, wenn wir erst mal im Wald sind«, sagte er, fasste sie am Ellenbogen und zog sie über das Geröll. »Du nimmst ihren anderen Arm, Arrietty, aber halt sie in Bewegung!«

Als sie dann endlich im Wald waren, sanken sie neben dem ausgetretenen Pfad nieder, zu erschöpft, um nach einem Versteck zu suchen. »Oh, du meine Güte, du meine Güte, du meine Güte«, wiederholte Homily immer wieder (mechanisch, weil sie das immer sagte), aber hinter ihren strahlenden dunklen Augen in ihrem verschmierten Gesicht konnten sie sehen, wie ihr Gehirn arbeitete. Und sie war nicht hysterisch, auch das konnten sie sehen. Mit anderen Worten, sie konnten sehen, dass Homily ihre Lage überdachte. »Es gibt überhaupt keinen Grund für das Gerenne«, stellte sie nach einer Weile fest, als sie wieder Luft bekam. »Keiner hat uns laufen sehen. Alle denken, wir steckten immer noch da unter dem Fußboden, in der Falle.«

»Da wär ich mir nicht so sicher«, sagte Arrietty. »Es war ein Gesicht am Küchenfenster. Ich hab es gesehen, als wir über die Böschung geklettert sind. Es sah aus wie ein Junge mit einer Katze oder so was.«

»Wenn irgendjemand uns gesehen hätte«, bemerkte Homily, »wäre er schon hinter uns her. Das behaupte ich jedenfalls.«

»Das ist mal sicher«, sagte Pod.

»Also, in welche Richtung gehen wir jetzt?«, fragte Homily und blickte zwischen den Baumstämmen hindurch. Über ihre Wange zog sich ein langer Kratzer, und ihr Haar hing in Strähnen herab.

»Nun, am besten sehen wir uns erst mal den Inhalt unserer Beutel an«, sagte Pod. »Lasst mal sehen, was wir mitgenommen haben. Was hast du in der Borgetasche, Arrietty?«

Arrietty öffnete ihren Beutel, den sie vor zwei Tagen

so hastig für den Notfall gepackt hatte. Sie legte den Inhalt auf den harten Sandpfad, und alle betrachteten die seltsame Zusammenstellung. Da lagen drei Blechdeckel von verschieden großen Pillendosen, die ineinanderpassten; ein ziemlich großes Stück Kerze und sieben Streichhölzer, Unterwäsche und eine Strickjacke, die Homily auf stumpfen Stopfnadeln aus einem ausgewaschenen Strumpf gestrickt hatte. Und zuletzt Arriettys wertvollste Stücke: ihr Bleistift von der Tanzkarte und ihr »Tagebuch mit Sprichwörtern«.

»Weshalb willst du denn all das mit dir herumschleppen?«, grummelte Pod und blickte auf den Berg von Sachen, während er den Inhalt seines Beutels ausleerte. Aus demselben Grund, dachte Arrietty, als sie Pod beim Auspacken zusah, aus dem du deine Schusternadel, deinen Hammer (den Klöppel einer elektrischen Klingel) und das Garnknäuel mitgebracht hast. Jeder nimmt eben das mit, womit er sich am liebsten beschäftigt. Und für sie war es nun einmal Literatur.

Neben seiner Schusterausrüstung hatte Pod die halbe Nagelschere mitgebracht, ein dünnes Stück Rasierklinge, ein ebenso dünnes Blatt einer Laubsäge, eine Aspirinflasche mit Drehverschluss, die mit Wasser gefüllt war, etwas Draht und zwei Hutnadeln, von denen er die kürzere Homily gab. »Sie wird dir helfen, den Hügel hinaufzusteigen«, sagte er ihr. »Kann sein, dass wir ein wenig klettern müssen.«

Homily hatte ihre Stricknadeln mitgebracht, den Rest des aufgeribbelten Strumpfs, drei Stücke Zucker, den Finger eines Damenhandschuhs, der mit Salz und Pfeffer gefüllt und mit Bindfaden zugeschnürt war, ein paar zerbrochene Keksstücke und eine kleine Blechdose, in der einmal Plattenspielernadeln gelegen hatten, die aber jetzt Tee, ein kleines Stück Seife und Homilys Lockenwickler enthielt.

Pod blickte düster auf die seltsame Ansammlung. »Wir haben die falschen Sachen mitgenommen«, sagte er, »aber jetzt ist es nicht mehr zu ändern. Am besten packen wir sie wieder ein«, fuhr er fort und fing gleich damit an. »Und dann gehen wir weiter. Gute Idee von dir, Arrietty, wie du die Blechdeckel zusammengestellt hast. Allerdings hätten es ruhig ein paar mehr sein können.«

»Wir müssen doch nur bis zum Dachsbau gehen«, verteidigte sich Arrietty. »Ich meine, Tante Lupy wird doch alles haben, oder nicht? Kochgeräte und so was alles?«

»Ich kenne keinen, der nicht ein bisschen mehr gebrauchen könnte«, bemerkte Homily, stopfte den Rest des Strumpfs in ihren Beutel und schnürte ihn mit etwas blauem Stickgarn zu. »Besonders, wenn man in einem Dachsbau wohnt. Und wer weiß, ob Tante Lupy überhaupt da ist?«, fuhr sie fort. »Ich dachte, sie sei verlorengegangen oder so, als sie über das Feld spazierte.«

»Nun, sie kann sich ja wieder eingefunden haben«, sagte Pod. »Es ist über ein Jahr her, dass sie sich auf den Weg gemacht hat, oder nicht?«

»Und außerdem«, stellte Arrietty fest, »würde sie kaum die Kochtöpfe mit auf Wanderschaft nehmen.«

»Ich hab niemals verstehen können«, sagte Homily, während sie aufstand und das Gewicht ihres Beutels prüfte, »und ich werde es auch niemals verstehen, was auch immer man mir erzählt, was dein Onkel Hendreary an einem aufgeblasenen Ding wie Lupy so interessant fand, dass er sie unbedingt heiraten musste.«

»Das reicht«, sagte Pod, »davon wollen wir jetzt nichts hören.«

Er stand auf, schlang sein Bündel um die Hutnadel und schulterte es. »Also«, sagte er und sah sie beide von oben bis unten an, »alles in Ordnung?«

»Nicht, dass sie kein gutes Herz hätte, wenn's drauf ankommt«, fuhr Homily fort. »Es ist nur die Art, wie sie es zeigt.«

»Was ist mit deinen Schuhen?«, fragte Pod. »Sind sie einigermaßen bequem?«

»Ja«, sagte Homily. »Im Moment jedenfalls.«

»Was ist mit dir, Arrietty?«

»Mir geht's gut«, sagte Arrietty.

»Es wird nämlich ein ziemlich anstrengender Aufstieg«, sagte Pod. »Wir gehen langsam. Kein Grund zur Eile. Aber wir halten nicht an. Und kein Genörgel, verstanden?«

»Ja«, sagte Arrietty.

»Und haltet die Augen offen«, fuhr Pod fort, als sie alle den Weg entlanggingen. »Wenn ihr irgendetwas seht, tut genau das, was ich tue, ganz ruhig, verstanden? Wir dürfen nicht auseinanderlaufen. Und kein Geschrei.«

»Ich weiß«, sagte Arrietty gereizt und rückte ihren Beutel zurecht. Sie ging voraus, als wolle sie außer Hörweite kommen.

»Du *glaubst*, dass du es weißt«, rief Pod ihr nach. »Aber in Wirklichkeit weißt du gar nichts. Du weißt nicht, wie man sich versteckt, und deine Mutter auch nicht. Verstecken ist etwas, was man lernen muss, es ist eine Kunst.«

»Ich weiß«, antwortete Arrietty, »das hast du mir schon mal gesagt.« Sie blickte zur Seite in die tiefen Schatten zwischen den Brombeerbüschen, die neben dem Weg standen. Sie sah eine große Spinne, die in der Luft zu schweben schien, denn ihr Faden war unsichtbar. Die Spinne starrte sie an. Arrietty konnte ihre Augen sehen. Trotzig blickte sie zurück.

»Man kann es nicht in fünf Minuten erklären«, beharrte Pod. »Solche Sachen lernt man nur aus Erfahrung. Was ich dir beigebracht habe an dem Tag, als ich dich zum Borgen mitnahm, mein Mädchen, war noch nicht einmal das kleine Einmaleins. Ich hab mein Bestes versucht, weil deine Mutter mich darum gebeten hat. Aber du siehst ja, wohin es uns geführt hat!«

»Also, Pod«, schnaufte Homily (sie marschierten zu schnell für sie), »du brauchst jetzt nicht wieder die alten Geschichten hervorzukramen.«

»Aber es ist wichtig«, sagte Pod. »Die Vergangenheit ist die Erfahrung. Das ist es, was du begreifen musst. Weißt du, wenn es ums Borgen geht ...«

»Aber du hast dein Leben lang geborgt, Pod. Du warst im Training. Arrietty war bloß dieses eine Mal draußen.«

»Das *meine* ich doch!«, rief Pod und wartete mit verdrehten Augen starrköpfig darauf, dass Homily sie einholte. »Das ist es, was ich mit Verstecken meinte. Wenn sie wenigstens das kleine Einmaleins gelernt hätte ...«

Arrietty ging in einiger Entfernung vor ihnen. »Vorsicht!«, schrie sie auf einmal schrill.

Es gab ein raschelndes Geräusch, ein Schatten kam herab, und man hörte einen heiseren, scharfen Schrei.

Und plötzlich stand Pod allein auf dem Weg und blickte in das Gesicht einer großen schwarzen Krähe.

Der Vogel starrte ihn böse und misstrauisch an, seine kralligen Füße waren eingedreht, und sein großer Schnabel leicht geöffnet. Stocksteif stand Pod da und starrte zurück. Er sah wie eine Pflanze aus, die auf dem Weg wuchs, wie ein außergewöhnlich dicker Giftpilz. Der große Vogel drehte neugierig seinen Kopf zur Seite und betrachtete Pod mit dem anderen Auge. Pod starrte ihn bewegungslos an. Die Krähe machte ein kehliges Geräusch, eine Art Meckern, und kam verwirrt auf ihn zu. Pod ließ sie ein paar Schritte näher kommen, dann sprach er sie an, ohne dabei eine Miene zu verziehen. »Geh wieder dahin zurück, wo du hergekommen bist«, sagte er gelassen, beinahe plaudernd. Der Vogel schien zu zögern. »Wir können deine Albernheiten hier nicht gebrauchen«, fuhr Pod gleichmäßig fort. »Im Übrigen hast du genau so einen Watschelgang wie eine Taube. Krähen gehen genau wie Tauben, das merk ich jetzt erst. Und wie du guckst, so mit einem Auge und den Kopf so zur Seite gelegt, du glaubst bestimmt, das sieht hübsch aus.« Pod sprach sehr freundlich mit ihr. »Aber das tut es nicht, jedenfalls nicht mit so einem Schnabel ...«

Die Krähe stand still, und sie sah nicht länger nachdenklich aus. In jeder Faser ihres steifen Körpers brei-

tete sich die Überraschung aus, und in ihren Augen lag ungläubiges Entsetzen.

»Geh weg! Weg mit dir!«, schrie Pod plötzlich und ging auf den Vogel zu. »Kschsch!« Mit verschrecktem Blick und unter panischem Krächzen flatterte die große Krähe davon. Pod wischte sich mit seinem Hemdsärmel den Schweiß von der Stirn, als Homily mit weißem Gesicht zitternd unter einem Fingerhutblatt hervorkroch. »Oh, Pod«, keuchte sie, »du warst ja so tapfer ... du warst einfach wunderbar!«

»Das war gar nichts«, sagte Pod. »Reine Nervensache.«

»Aber die Größe!«, sagte Homily. »Man würde nie glauben, dass sie so groß sind, wenn man sie fliegen sieht!«

»Die Größe spielt keine Rolle«, sagte Pod. »Was sie beeindruckt, ist das Reden.« Er sah Arrietty zu, wie sie aus einem hohlen Baumstamm hervorkletterte und ihr Kleid abklopfte. Als sie aufblickte, sah er weg. »Also«, sagte er nach einer Weile, »wir gehen besser weiter.«

Arrietty lächelte. Sie zögerte einen Moment, dann rannte sie zu ihm hin.

»Was soll denn das bedeuten?«, fragte Pod schwach, als sie ihre Arme um seinen Hals schlang. »Oh!«, rief Arrietty und drückte ihn, »du verdienst eine Medaille. Ich meine, wie du die Lage gemeistert hast!«

»Nein, meine Kleine«, sagte Pod, »das meinst du doch

wohl nicht wirklich: wie ich überrumpelt wurde, das meinst du wohl eher, richtig überrumpelt, als ich gerade vom Verstecken sprach.« Er tätschelte ihre Hand. »Und außerdem hast du recht: Wir werden die Lage schon meistern. Du und deine Mutter, ihr wart blitzschnell, und ich bin stolz auf euch.« Er ließ ihre Hand los und schwang sein Bündel über die Schulter. »Aber denk nächstes Mal dran«, fügte er hinzu und drehte sich plötzlich um, »keine Baumstümpfe. Sie können zwar hohl sein, aber sie sind nicht immer leer, verstehst du? Und dann kommst du vom Regen in die Traufe ...«

Sie liefen und liefen und folgten dem Weg, den die Arbeiter angelegt hatten, als sie den Graben für die Gasleitung aushoben. Er führte sie auf einer leicht ansteigenden Böschung über zwei Wiesen. Sie konnten ohne Schwierigkeiten unter den niedrigsten Brettern der Gatter hindurchgehen und suchten sich vorsichtig den Weg zwischen den getrockneten Hufspuren der Kühe. Diese wirkten wie Krater und waren zudem bröckelig, und Homily, die unter dem Gewicht ihres Beutels wankte, rutschte einmal aus und schürfte sich das Knie auf. Auf der dritten Wiese knickte die Gasleitung auf einmal nach links ab, und Pod spähte geradeaus, wo er in der Ferne am Horizont einen Zauntritt erkennen konnte. Er entschied, dass sie nun unbesorgt die Gasleitung verlassen und dem Weg neben der Hecke folgen konnten.

»Wird nicht mehr so weit sein«, erklärte er beruhigend, als Homily um eine Rast bat, »aber wir müssen weitergehen. Siehst du diesen Zauntritt? Das ist unser Ziel, und wir müssen es vor Sonnenuntergang erreichen.«

Und so schleppten sie sich weiter. Für Homily war diese letzte Strecke die schlimmste: Ihre müden Beine bewegten sich so mechanisch wie eine Schere. Gebückt unter ihrer Last war sie jedes Mal erstaunt, wenn sie einen Fuß nach vorn kommen sah. Er schien nicht mehr zu ihrem Körper zu gehören. Sie fragte sich, wie er dort hingekommen war.

Arrietty wünschte, sie könnten den Zauntritt nicht sehen. Ihre kleinen Schritte schienen sie kein bisschen näher an ihn heranzubringen. Es ging besser, fand sie heraus, wenn man den Blick auf den Boden richtete und nur ab und zu aufblickte, dann konnte man sehen, dass man vorangekommen war.

Aber schließlich hatten sie die Hügelkuppe erreicht. Zu ihrer Rechten, an der langen Seite des Kornfeldes hinter der Hecke, lag der Wald, und vor ihnen erhob sich eine große Wiese, die sich in der Ferne wieder senkte; Schatten fielen darauf, wo die Sonne hinter den Bäumen stand.

Sie standen am Rand der Wiese und starrten voller Ehrfurcht vor ihrer Weite auf den entfernten Horizont vor dem roten Abendhimmel; auf dem endlosen See der länger werdenden Schatten und des träumenden Grases lag eine Bauminsel, schon undeutlich durch den breiten Streifen der Dämmerung.

»Da ist es«, sagte Pod nach einer langen Pause. »Perkins Beck.«

Sie standen alle drei unter dem Zauntritt, unwillig, seinen Schutz zu verlassen.

»Perkins was?«, fragte Homily unsicher.

»Perkins Beck. Du weißt doch, so heißt die Wiese. Hier wohnen sie, die Hendrearys.«

»Du meinst«, fragte Homily nach einer Weile, »hier ist der Dachsbau?«

»Genau«, sagte Pod und sah in die Ferne.

Homilys müdes Gesicht sah in dem goldenen Licht gelblich aus. Ihr Unterkiefer hing herunter. »Aber wo?«, fragte sie.

Pod schwenkte seinen Arm. »Irgendwo. Jedenfalls auf dieser Wiese.«

»Auf dieser Wiese«, wiederholte Homily dumpf und ließ ihren Blick auf der dämmrigen Grenze der fernen Baumgruppe ruhen.

»Nun, wir müssen eben suchen«, erklärte Pod nervös.

»Du hast doch nicht angenommen, wir würden geradewegs dort hinfinden, oder?«

»Ich dachte, du wüsstest, wo es ist«, sagte Homily. Ihre Stimme klang heiser.

Arrietty stand still zwischen ihnen.

»Nun, ich habe euch immerhin bis hierher gebracht, oder etwa nicht?«, sagte Pod. »Wenn das Schlimmste eintrifft, können wir hier unser Nachtlager aufschlagen und morgen weitersuchen.«

»Wo ist der Bach?«, fragte Arrietty. »Hier soll es irgendwo einen Bach geben.«

»Nun, es gibt einen«, sagte Pod. »Er fließt dort, bei der Hecke da drüben, und dann hier herein, siehst du? Über die Ecke dort hinten. Das fette Grün da – siehst du? –, dort läuft er.«

Arrietty beschattete ihre Augen. »Ja«, sagte sie unsicher und fügte hinzu: »Ich habe Durst.«

»Ich auch«, sagte Homily. Sie setzte sich so plötzlich, als hätte man ihr die Luft herausgelassen. »Die ganze Zeit, als wir den Hügel hinaufgeklettert sind, Schritt für Schritt, Stunde für Stunde, habe ich mir gesagt: ›Macht nichts: Das Erste, was wir tun, wenn wir bei diesem Dachsbau angekommen sind, ist, uns hinzusetzen und eine schöne Tasse Tee zu trinken‹, das hat mich aufrecht gehalten.«

»Nun, wir werden auch eine Tasse Tee trinken«, sagte Pod. »Arrietty hat die Kerze mitgebracht.«

»Und ich sag euch noch etwas«, fuhr Homily fort und sah in die Ferne. »Ich kann nicht über diese Wiese da gehen, nicht für alle Schätze der Welt. Wir müssen am Rand herumgehen.«

»Nun, genau das werden wir tun«, sagte Pod. »Man findet keinen Dachsbau mitten auf der Wiese. Wir arbeiten uns systematisch rundherum, Meter für Meter, und morgen früh fangen wir an. Aber wir werden heute Nacht fest schlafen, das ist mal sicher. Hat keinen Sinn, heute Abend noch weiterzulaufen. Es wird bald dunkel. Die Sonne ist schon fast hinter dem Hügel verschwunden.«

»Es ziehen Wolken auf«, sagte Arrietty und blickte in den Sonnenuntergang. »Und sie kommen schnell.«

»Regen?!«, rief Homily erschrocken.

»Nun, wir beeilen uns«, sagte Pod und schulterte seinen Beutel. »Hier, gib mir deinen, Homily, du kannst dann leichter laufen.«

»In welche Richtung gehen wir?«, fragte Arrietty.

»Wir folgen der niedrigeren Hecke hier«, sagte Pod und ging los, »und gehen zum Wasser. Wenn wir es nicht vor dem Regen schaffen, suchen wir irgendwo Schutz.«

»Was denn für einen Schutz?«, fragte Homily und stolperte durch die Grasbüschel hinter ihnen her. »Pass auf, Pod, da sind Brennnesseln!«

»Ich sehe sie«, sagte Pod (sie gingen in einem flachen Graben). »Ein Loch oder so was würde gehen«, fuhr er fort. »Da ist zum Beispiel ein Loch, siehst du? Unter der Wurzel.«

Homily blickte hinein, als sie daran vorbeikam. »Oh, da kann ich nicht reingehen«, sagte sie, »es könnte etwas drin sein.«

»Oder wir könnten in die Hecke klettern«, rief Pod zurück.

»In einer Hecke gibt es nicht viel Schutz«, sagte Arrietty. Sie ging allein auf dem höher gelegenen Boden, wo das Gras kürzer war. »Ich kann es von hier aus sehen: Da sind nur Äste und Zweige.« Sie fröstelte in dem leichten Wind, der die Blätter der Hecke plötzlich erzittern ließ und die trockenen Disteln peitschend aneinanderschlug. »Die Wolken sind genau über uns!«, rief sie.

»Dann wird es bald dunkel«, sagte Pod. »Du kommst besser zu uns herunter. Wir wollen nicht, dass du verlorengehst.«

»Ich gehe nicht verloren. Ich kann von hier aus besser sehen. Seht mal!«, rief sie plötzlich aus. »Da ist ein alter Stiefel. Wäre das nichts?«

»Ein alter was?«, fragte Homily ungläubig.

»Könnte gehen«, sagte Pod und sah sich um. »Wo ist er?«

»Links. Da – im Gras.«

»Ein alter Stiefel!«, rief Homily, als sie sah, dass Pod die Borgetaschen absetzte. »Was ist mit dir los, Pod, bist du verrückt geworden?« Sie hatte kaum ausgesprochen, da fing es an zu regnen. Große Sommerregentropfen fielen in das Gras.

»Nehmt die Borgetaschen und stellt euch unter das Sauerampferblatt. Ich sehe ihn mir an.«

»Ein alter Stiefel«, wiederholte Homily ungläubig, als sie und Arrietty unter das Sauerampferblatt krochen. Sie musste ihre Stimme heben, so sehr trommelte der Regen auf das Blatt. »Hör dir das an«, beschwerte sie sich. »Komm dichter zu mir, Arrietty, du holst dir noch den Tod. Oh, du meine Güte, es läuft mir den Nacken herunter!«

»Hör doch, er ruft uns«, sagte Arrietty. »Komm!«

Homily bückte sich und lugte unter dem hin und her schwingenden Blatt hervor: Dort drüben zwischen den nassen Gräsern stand Pod. Hinter dem Regenvorhang konnte man ihn nur verschwommen erkennen. Arrietty dachte an ihr *Weltlexikon*: Eine tropische Szene, dachte sie. Sie musste an Menschen denken, die gegen die tobenden Elemente kämpften, an Sümpfe im Dschungel und feuchte Wälder, und sie vermutete, Dr. Livingstone …

»Was will er denn?«, beschwerte sich ihre Mutter. »Wir können doch nicht rausgehen in dieses … sieh dir das an!«

»Der Boden wird schon nass«, sagte Arrietty. »Merkst du das nicht? Wir stehen in einem Graben. Komm, wir müssen losrennen. Er ruft uns.«

Sie liefen gebückt unter dem trommelnden Regen hindurch. Pod zog sie in das hohe Gras, schnappte sich ihre Borgetaschen, stieß Anweisungen hervor, und sie schlitterten und rutschten hinter ihm her durch »den Busch«, wie Arrietty es nannte.

»Hier ist er«, sagte Pod. »Geht da rein.«

Der Stiefel lag auf der Seite. Sie mussten auf allen vieren kriechen, um hineinzukommen.

»Oh, du meine Güte«, sagte Homily immer wieder. »Oh, du meine Güte«, und sie blickte ängstlich in das dunkle Innere. »Ich frage mich, wer ihn vorher getragen hat.«

»Geh weiter«, sagte Pod, »geh weiter hinein; es ist alles in Ordnung.«

»Nein, nein«, sagte Homily, »ich werde nicht weiter hineingehen. Vielleicht ist irgendetwas vorne bei den Zehen.«

»Es ist alles in Ordnung«, sagte Pod, »ich hab nachgesehen. Außer einem Loch ist dort gar nichts.« Er stapelte die Borgetaschen an der Innenwand. »Hier kann man sich gegenlehnen«, sagte er.

»Ich wünschte, ich wüsste, wer diesen Stiefel getragen hat«, fuhr Homily fort, während sie sich beunruhigt umblickte und versuchte, ihr nasses Gesicht mit ihrer noch nasseren Schürze abzutrocknen.

»Wozu musst du das wissen?«, fragte Pod und löste die Schnur von der größten Tasche.

»Ob er sauber war oder dreckig oder so«, sagte Homily, »und woran er gestorben ist. Stell dir vor, er ist an irgendeiner ansteckenden Krankheit gestorben?«

»Warum sollten wir überhaupt annehmen, dass er gestorben ist?«, fragte Pod. »Warum kann er nicht vergnügt und munter sein, gerade gebadet haben und sich jetzt in diesem Augenblick zu einer Tasse Tee an den Tisch setzen?«

»Tee?«, fragte Homily, und ihr Gesicht leuchtete auf. »Wo ist die Kerze, Pod?«

»Hier ist sie«, sagte Pod. »Gib mir ein Streichholz, Arrietty, und einen Aspirindeckel. Wir müssen sparsam mit dem Tee umgehen, wisst ihr? Wir müssen mit allem sparsam sein.«

Homily streckte einen Finger aus und berührte das

abgenutzte Leder. »Ich werde diesen Stiefel morgen früh ordentlich saubermachen«, sagte sie.

»Er ist gar nicht schlecht«, sagte Pod und holte seine halbe Nagelschere aus dem Beutel. »Wenn du mich fragst, dann können wir von Glück sagen, dass wir einen Stiefel wie diesen gefunden haben. Du brauchst dir keine Sorgen zu machen: Er ist desinfiziert durch die Sonne und den Wind und den Regen Jahr für Jahr.« Er steckte die Schere durch eine der Stiefelösen und band sie mit einem Stück altem Schuhband fest.

»Wozu machst du das, Papa?«, fragte Arrietty.

»Um den Aspirindeckel draufzustellen«, sagte Pod. »Als eine Art Halterung. Wir haben keinen Dreifuß zum Kochen. Du gehst jetzt brav los und füllst den Deckel mit Wasser, draußen gibt es ja genug.«

Es gab genug. Es goss in Strömen, aber die Öffnung des Stiefels lag im Windschatten, und vor dem Eingang war es trocken. Arrietty füllte den Deckel ohne Schwierigkeiten, indem sie ein großes spitzes Fingerhutblatt herunterzog und das Wasser darauf in den Deckel fließen ließ. Überall um sie herum hörte sie das gleichmäßige Trommeln des Regens, und das Kerzenlicht im Stiefel ließ die Dämmerung noch dunkler erscheinen. In der Luft lag der Geruch von Wildnis und Weite, von Blättern und Gräsern, und als sie sich mit dem wassergefüllten Deckel herumdrehte, roch sie noch etwas anderes: einen fruchtigen, aromatischen, würzigen Duft. Arrietty nahm sich vor, am nächsten Morgen daran zu denken, es war der Duft von Walderdbeeren.

Nachdem sie ihren heißen Tee getrunken und mehr als die Hälfte von dem süßen krümeligen Keks gegessen hatten, zogen sie ihre nassen Sachen aus und hängten sie zum Trocknen oberhalb der Kerze an den Griff der Nagelschere. Sie legten sich den alten Wollstrumpf um die Schultern und redeten noch ein bisschen.

»Es ist komisch«, bemerkte Arrietty, »in einen Strumpf eingewickelt in einem Stiefel zu sitzen.«

Aber Pod, der die Kerzenflamme betrachtete, sorgte sich wegen der Verschwendung, und als ihre Kleider etwas gedampft hatten, löschte er die Flamme. Erschöpft und müde legten sie sich schließlich zwischen die Borgetaschen und kuschelten sich aneinander, um sich zu wärmen. Das Letzte, was Arrietty hörte, bevor sie einschlief, war das stetige Trommeln des Regens auf das hohle Leder des Stiefels.

Kapitel sechs

DER APFEL FÄLLT NICHT WEIT VOM STAMM
1891: Ende des großen Eisenbahnerstreiks in Peoria, Illinois
Auszug aus Arriettys Tagebuch mit Sprichwörtern vom 26. August

Arrietty wachte als Erste auf. Wo bin ich?, fragte sie sich. Ihr war warm, zu warm zwischen ihren Eltern, und als sie vorsichtig ihren Kopf drehte, sah sie drei kleine Sonnen, die in der Dunkelheit leuchteten. Es dauerte ein oder zwei Sekunden, bis sie begriff, was es war, und mit dieser Erkenntnis kam ihr die Erinnerung an all das, was gestern passiert war: die Flucht, die schreckliche Jagd durch den Obstgarten, die anstrengende Kletterei, der Regen, die kleinen, goldenen Sonnen waren die Ösen des Stiefels!

Vorsichtig setzte Arrietty sich auf. Erfrischende Kühle breitete sich um sie aus, und eingerahmt von der Öffnung des Stiefels sah sie den strahlenden Morgen. Gräser wehten leicht im Wind und leuchteten im sanften Sonnenlicht. Einige der Halme waren dort geknickt, wo sie sich gestern mit ihren Borgetaschen durch das Gras geschlagen hatten. Eine gelbe Butterblume stand in der Nähe. Sie sah klebrig und glänzend aus, wie frisch lackiert. Auf einem braungelben Sauerampferstängel entdeckte sie eine Blattlaus. Ihr Grün war so zart, dass sie im Sonnenschein beinahe durchsichtig wirkte. Ameisen melken sie, fiel Arrietty ein. Vielleicht können wir das auch tun.

Sie kletterte zwischen ihren schlafenden Eltern hindurch und schlich barfuß und im Unterhemd nach draußen. Es war ein strahlender Tag, sonnig und wie reingewaschen vom Regen. Die Erde verströmte ihren Duft. Danach habe ich mich gesehnt, dachte Arrietty. So habe ich es mir vorgestellt!

Sie drängte sich durch das Gras, und weiche Tropfen fielen sanft und sonnenwarm auf ihre Haut. Sie kletterte den Abhang hinunter bis zur Hecke und aus dem Grasdschungel hinaus in den flachen Graben, wo Regen und Dunkelheit sie gestern Nacht geängstigt hatten. Hier zwischen den kurzen Grashalmen war die Erde warm und matschig, doch in der Sonne trocknete sie schnell. Eine Böschung erhob sich zwischen ihr und der Hecke: eine wundervolle Böschung, voller Wurzeln und Gräser und junger Farne, mit kleinen Sandlöchern und Veilchenblättern und zartroten Pimpernellen. Hier und da eine leuchtende tiefrote Kugel: Walderdbeeren!

Leichtfüßig und glücklich kletterte sie die Böschung hinauf. Sie spürte die Wärme der Sonne durch ihr Unterhemd; ihre bloßen Füße tasteten sich ihren Weg viel leichter als plumpe Menschenfüße. Sie sammelte drei saftige Erdbeeren, legte sich auf die sandige Terrasse vor ein Mauseloch auf den Rücken und aß sie genüsslich. Von der Böschung aus konnte sie über die Wiese blicken, aber heute sah sie ganz anders aus: genauso groß und genauso ansteigend, aber leuchtend und voller Leben durch den morgendlichen Sonnenschein. Alle Schatten fielen nun anders und glänzten vom Tau auf dem goldenen Gras. In der Ferne sah sie eine einsame Baumgruppe, die auf dem Grasmeer zu schwimmen schien. Arrietty dachte an die Angst ihrer Mutter vor dem offenen Gelände. Aber ich könnte über diese Wiese gehen, dachte sie. Ich könnte überall hingehen. Hatte Eggletina vielleicht genauso gedacht? Eggletina, Onkel Hendrearys Tochter, von der man sich erzählte, sie sei von einer Katze gefressen worden? Musste man, fragte sich Arrietty, für seinen Wagemut immer bezahlen? War es wirklich besser, versteckt und heimlich in der Dunkelheit unter dem Fußboden zu leben, wie ihre Eltern es ihr immer erzählt hatten?

Die Ameisen liefen geschäftig herum. Aufgeregt rannten sie im Zickzack zwischen den Grashalmen hindurch. Ab und zu lief eine Ameise mit bebenden Fühlern einen Grashalm hinauf und sah sich um. Ein Gefühl der Zufriedenheit erfüllte Arrietty. Ja, hier waren sie nun. Und was immer auch geschehen mochte, es gab kein Zurück!

Erfrischt von den Erdbeeren ging sie weiter, kletterte die Böschung hoch und lief in den Schatten der Hecke. Über sich sah sie in großer Höhe das in der Sonne leuchtende Grün. So weit ihr Blick reichte, erhob sich ein grünes Zimmer über dem anderen, durchkreuzt von vorstehenden Zweigen. Von innen sah die Hecke wie eine Kathedrale aus.

Arrietty stellte ihren Fuß auf einen niedrigen Zweig und schwang sich in die grünen Schatten. Es ging ganz leicht, mit den Zweigen um sie herum, viel leichter, als eine Leiter hinaufzuklettern. Eine so hohe Leiter zu bauen wäre eine wahre Meisterleistung, und auch eine gute Leiter war immer noch schrecklich langweilig, wogegen es hier Abwechslung gab, Richtungsänderungen und das Erforschen unbekannter Höhen. Manche Zweige waren trocken und brüchig, und die Rinde bröckelte von ihnen ab. Andere waren elastisch und voller Lebenssaft. Auf diesen schaukelte sie hin und her (wie sie es sich in ihrem anderen Leben unter dem Fußboden so oft erträumt hatte). Ich werde wiederkommen, wenn es windig ist, nahm sie sich vor, wenn die ganze Hecke lebendig ist und im Wind tanzt …

Höher und höher kletterte sie. Sie fand ein altes Vogelnest, das Moos in seinem Inneren war trocken wie Stroh. Sie kletterte hinein und lag eine Weile darin. Dann lehnte sie sich über den Rand und warf kleine Moosstücke durch die verzweigten Äste. Wenn man das Moos durch das Geäst fallen sah, fühlte man die Höhe um so mehr, fand Arrietty, ein köstliches Schwindelgefühl, das sie sicher in ihrem Nest genoss. Aber nachdem man diese Sicherheit gefühlt hatte, schien das Hinaus- und Hinaufklettern noch viel gefährlicher zu sein. Wenn ich nun falle, wie diese Moosstücke heruntergefallen sind, dachte Arrietty, und durch die dunklen Hohlräume rase und gegen die Äste stoße? Aber als sie ihre Hände um die freundlichen Zweige schloss und ihre Zehen sich leicht spreizten, um sich an der Rinde festzuhalten, erkannte sie plötzlich, dass sie vollkommen sicher war; ihre Fähigkeit zu klettern, die so lange in ihr geschlummert hatte, war erwacht. Das ist angeboren, dachte sie. Darum sind die Hände und Füße von Borgern im Verhältnis länger als die von Menschen. Darum konnte mein Vater an einer Falte in der Tischdecke vom Tisch herunter- und an den Vorhangquasten hinaufklettern, sich an einem Zwirnsfaden von einem Tisch auf einen Stuhl und vom Stuhl auf den Fußboden schwingen. Nur weil ich ein Mädchen bin und nicht borgen gehen darf, heißt das nicht, dass ich nicht auch diese Begabung habe.

Als sie den Kopf hob, sah sie durch das Flechtwerk der Blätter hindurch plötzlich den blauen Himmel über sich. Blätter, die flüsternd erzitterten, als sie in ihrer Eile die Zweige berührte. Als sie ihren Fuß auf eine Astgabel setzte und sich hinaufschwang, verhakte sich ihr Petticoat an dem Dorn einer wilden Rose, sie hörte, wie er riss. Sie zog den Dorn aus ihrem Hemd und hielt ihn in der Hand (er war so groß wie das Horn eines Nashorns für einen Menschen). Im Verhältnis zu seiner Größe wog er nicht viel, aber er war sehr scharf und sah gefährlich aus. Wir könnten ihn gebrauchen, dachte Arrietty. Ich muss mal überlegen, vielleicht als Waffe. Noch ein Klimmzug, und ihr Kopf und ihre Schultern ragten aus der Hecke heraus. Die Sonne brannte heiß auf ihren Kopf, und geblendet von der Helligkeit, beschattete sie ihre Augen, während sie sich umblickte.

Hügel und Täler, Felder und Wälder träumten im Sonnenschein. Sie sah Kühe auf der übernächsten Wiese weiden. Hinter einer weiteren Wiese sah sie einen Mann mit einem Gewehr auf den Wald zugehen. Er war weit weg und sah harmlos aus. Sie sah das Dach von Tante Sophys Haus und den rauchenden Küchenschornstein. In der Biegung eines fernen Weges, der zwischen den Hecken hindurchlief, erblickte sie einen Milchwagen. Die Sonne spiegelte sich in den Metallkannen. In der Ferne hörte sie das märchenhafte Bimmeln des Pferdegeschirrs. Was für eine Welt! Meile auf Meile, Landschaft auf Landschaft in unvorstellbarer Schönheit. All das hätte sie vielleicht nie gesehen! Sie hätte, wie so viele ihrer Vorfahren, im Dämmerlicht gelebt und wäre auch dort gestorben, hinter der Wandtäfelung.

Als sie hinunterkletterte, fühlte sie einen Rhythmus: ein wagemutiger Schwung, ein Loslassen und leichtes Fallen in die dicht wachsenden Blätter, die, wie ihr Instinkt ihr sagte, als sicheres Auffangnetz dienen würden. Ein Käfig aus geschmeidigen Zweigen, die an ihre Hände und Füße sprangen und leicht zu fassen und leicht wieder loszulassen waren. Die Blätter wuchsen nur am äußeren Rand der Hecke, nicht innen in den kahlen Höhlen. Ihr Abstieg durch die Hecke war fast wie Wellenreiten. An dem letzten Ast ließ sie sich vorsichtig auf die abschüssige Böschung herab, und als sie ihn losließ, sprang er wieder an seinen Platz zurück.

Arrietty betrachtete ihre Hände, die eine war leicht

gerötet. Sie werden abhärten, sagte sie sich. Ihre Haare waren zerzaust und voller Rindenstaub, und in ihrem weißen Petticoat entdeckte sie einen großen Riss.

Schnell pflückte sie noch drei Erdbeeren als Versöhnungsgeschenk, wickelte sie in ein Veilchenblatt, um ihr Hemd nicht zu bekleckern, kletterte die Böschung hinunter, lief über den Graben und in das hohe Gras.

Homily stand am Eingang des Stiefels und sah wie immer beunruhigt aus.

»Oh, Arrietty, wo bist du nur gewesen? Das Frühstück ist schon seit zwanzig Minuten fertig. Dein Vater ist außer sich.«

»Warum?«, fragte Arrietty überrascht.

»Aus Sorge um dich, er hat nach dir gesucht.«

»Ich war ganz in der Nähe«, sagte Arrietty. »Ich war bloß in der Hecke. Ihr hättet mich rufen können.«

Homily legte den Finger auf die Lippen und blickte ängstlich nach links und rechts. »Man kann nicht einfach *rufen*«, sagte sie und senkte ihre Stimme zu einem ärgerlichen Flüstern. »Wir dürfen überhaupt kein Geräusch machen, sagt dein Vater. Kein Rufen oder Schreien, nichts, was die Aufmerksamkeit auf uns lenken könnte. Überall lauern Gefahren, sagt er, überall.«

»Ich meinte damit nicht, dass du flüstern musst«, sagte Pod und tauchte plötzlich hinter dem Stiefel auf, die halbe Nagelschere in der Hand (er hatte eine kleine Schneise durch das dichte Gras geschlagen). »Aber du darfst nicht noch einmal fortgehen, Arrietty, ohne uns zu sagen, wohin du gehst, warum und wie lange. Hast du das verstanden?«

»Nein«, sagte Arrietty unsicher. »Das verstehe ich nicht ganz. Ich meine, ich weiß nicht immer, *warum* ich irgendwo hingehe.« (Warum, zum Beispiel, war sie in die Hecke geklettert?) »Wo sind denn all die Gefahren? Ich habe keine gesehen. Außer den drei Kühen zwei Felder weiter.«

Pod beobachtete nachdenklich einen Sperber, der bewegungslos im klaren Himmel stand.

»Gefahren lauern überall«, sagte er nach einer Weile. »Vor uns und hinter uns und über uns und unter uns.«

Kapitel sieben

GEGEN DEN STROM SCHWIMMEN
1869: Ruderbootwettkampf von Oxford und Harvard
Auszug aus Arriettys Tagebuch mit Sprichwörtern vom 27. August

Während Homily und Arrietty zu Ende frühstückten, wurde Pod geschäftig: Er ging nachdenklich um den Stiefel herum und begutachtete ihn von allen Seiten. Er berührte das Leder mit erfahrener Hand, besah es aus der Nähe, trat dann zurück und kniff die Augen zusammen. Er holte die Borgetaschen heraus, stapelte sie vorsichtig im Gras und kroch dann in den Stiefel hinein. Sie hörten ihn keuchen und schnaufen, als er sich hinkniete und zu messen anfing. Offenbar untersuchte er genauestens die Nähte und Nieten, die Sohle und die Stichqualität.

Nach einer Weile gesellte er sich wieder zu ihnen. »Es wird ein heißer Tag«, sagte er nachdenklich, als er sich ins Gras setzte. »Richtig glühend.« Er nahm sein Halstuch ab und seufzte tief.

»Was hast du untersucht, Pod?«, fragte Homily.

»Hast du doch gesehen«, sagte Pod, »den Stiefel.« Er schwieg eine Weile. »Das ist nicht der Stiefel eines Landstreichers. Und er wurde auch nicht für einen Arbeiter gemacht. Dieser Stiefel«, fuhr Pod fort und sah Homily dabei an, »ist der Stiefel eines Gentleman.«

»Oh«, atmete Homily erleichtert auf. Sie schloss ihre Augen und fächelte sich mit der Hand Luft zu. »Dem Himmel sei Dank!«

»Wieso?«, fragte Arrietty verwirrt. »Was ist so schlimm an einem Arbeiterschuh? Papa ist doch auch ein Arbeiter, oder?«

Homily lächelte und schüttelte bedauernd ihren Kopf. »Das ist eine Frage der Qualität«, sagte sie.

»Da hat deine Mutter recht«, sagte Pod. »Dieser Stiefel ist handgenäht und aus dem feinsten Leder, das ich je in den Händen hatte.« Er beugte sich zu Arrietty: »Weißt du, mein Mädchen, der Stiefel eines Gentleman wird gut gepflegt, gefettet und geschmiert, und das jahrelang. Wäre er nicht so gepflegt worden, hätte er niemals, so wie dieser Stiefel, dem Wind und dem Regen und der Sonne und dem Frost standhalten können, verstehst du? Gentlemen zahlen viel für ihre Stiefel, aber dafür achten sie auch auf gute Qualität.«

»Das stimmt«, nickte Homily und sah Arrietty an.

»Nun zu dem Loch an den Zehen«, fuhr Pod fort. »Ich könnte es mit etwas Leder von der Lasche stopfen. Ich könnte es gut und sauber stopfen.«

»Aber die ganze Anstrengung lohnt sich doch nicht!«, rief Homily. »Ich meine, für ein paar Tage oder Nächte. Wir wollen ja nicht in diesem Stiefel *wohnen*«, erklärte sie mit amüsiertem Lachen.

Pod schwieg eine Zeitlang, dann sagte er langsam: »Ich hab nachgedacht.«

»Ich meine«, fuhr Homily fort, »wir wissen, dass wir Verwandte auf dieser Wiese haben, und, obwohl ich einen Dachsbau nicht als ein ordentliches Heim bezeichnen würde, wie du weißt, ist es zumindest *irgendwo.*«

Pod hob feierlich seinen Blick. »Vielleicht«, sagte er mit derselben ernsten Stimme, »aber ich hab trotzdem nachgedacht. Ich habe gedacht«, fuhr er fort, »Verwandte hin, Verwandte her, sie sind immer noch Borger, nicht wahr? Und welcher Mensch hat jemals einen Borger zu Gesicht bekommen?« Er blickte sich herausfordernd um.

»Nun, der Junge«, fing Arrietty an, »und ...«

»Aha«, sagte Pod, »weil du, Arrietty, die du kein Borger warst, die du nicht einmal gelernt hattest, wie man borgt, losgegangen bist und mit ihm geredet hast. Du hast ihn in geradezu schamloser Weise aufgesucht, weil du es nicht besser wusstest. Und ich habe dir ja gesagt, was passieren würde. Ich habe dir gesagt, wir würden hinausgejagt werden, von Katzen und Rattenfängern, von Polizisten und so weiter. Also, hatte ich nun recht oder nicht?«

»Ja, du hattest recht«, sagte Arrietty, »aber ...«

»Es gibt kein Aber«, sagte Pod. »Ich hatte recht. Und wenn ich damals recht hatte, habe ich jetzt auch recht. Verstehst du? Ich hab nachgedacht, und was ich gedacht habe, stimmt. Und diesmal wirst du keine Dummheiten machen. Und deine Mutter auch nicht.«

»Ich mache keine Dummheiten, Pod«, sagte Homily zahm.

»Also«, sagte Pod, »mir ist folgendes eingefallen: Menschen sind groß und können schnell gehen. Wenn man größer ist, kann man auch weiter sehen, versteht ihr? Ich meine, wenn ein Mensch trotz seiner Überlegenheit niemals einen Borger findet oder gar nicht an Borger *glaubt*, warum sollten wir Borger, die wir viel kleiner sind und langsamer gehen, dann hoffen, dass wir es besser könnten? Wenn man in einem Haus wohnt, mit vielen Familien, natürlich, da kennt man sich. Schließlich sind wir zusammen aufgewachsen. Aber in den Feldern, an einem so fremden Ort wie diesem hier, scheint es mir einfach unmöglich, dass ein Borger einen anderen Borger findet.«

»Oje«, sagte Homily unglücklich.

»Aber wir gehen nicht wirklich langsam«, sagte Arrietty.

»Verglichen mit ihnen, meine ich. Unsere Beine *bewegen* sich schnell, aber ihre sind länger. Denk doch nur mal an den Platz, den sie einnehmen!« Er wandte sich an Homily. »Jetzt reg dich nicht auf. Ich habe nicht gesagt, dass wir die Hendrearys nicht finden, vielleicht finden wir sie schon bald. Zumindest vor dem Winter.«

»Winter!«, keuchte Homily erschrocken.

»Aber wir müssen so planen und handeln«, fuhr Pod fort, »als ob es keinen Dachsbau gäbe. Verstehst du, was ich meine?«

»Ja, Pod«, sagte Homily mit heiserer Stimme.

»Ich habe darüber nachgedacht«, wiederholte er. »Wir drei sind hier und haben nur das, was wir in unseren Beuteln mitgebracht haben, plus zwei Hutnadeln und einem alten Stiefel. Wir müssen uns damit abfinden. Und mehr noch«, fügte er feierlich hinzu, »wir müssen unser Leben ändern.«

»Wie ändern?«, fragte Homily.

»Kein warmes Essen mehr, zum Beispiel. Keinen heißen Tee. Keinen Kaffee. Wir müssen die Kerze und die Streichhölzer für den Winter aufbewahren. Wir müssen eben mit dem zurechtkommen, was wir hier finden.«

»Keine Raupen, Pod«, bat Homily, »das hast du versprochen! Ich könnte nie eine Raupe essen.«

»Das brauchst du auch nicht«, sagte Pod, »nicht, solange ich es verhindern kann. Es gibt andere Dinge zu dieser Jahreszeit, viele andere Dinge. Jetzt möchte ich, dass ihr beide aufsteht und ausprobiert, wie sich dieser Stiefel ziehen lässt.«

»Wie meinst du das?«, fragte Homily verständnislos, aber sie standen beide gehorsam auf.

»Seht ihr die Schnürbänder?«, fragte Pod, »sie sind gut und stabil, sie wurden geölt oder geteert. Jetzt nehmt ihr jede ein Schnürband über die Schulter und zieht. Stellt euch mit dem Rücken zum Stiefel! So ist es richtig. Und nun geht einfach los.«

Homily und Arrietty zogen an den Schnürbändern, und der Stiefel holperte und rutschte so schnell über das schlüpfrige Gras, dass sie stolperten und hinfielen. Sie hatten nicht damit gerechnet, dass er so leicht wäre.

»Langsam!«, rief Pod und lief zu ihnen hin. »Ihr müsst langsam ziehen! Steht auf. So, und jetzt ganz langsam und gleichmäßig. So ist es gut. Seht ihr, wie gut es geht?«, sagte er, als sie eine Atempause machten, nachdem sie den Stiefel bis in das hohe Gras gezogen hatten. »Leicht wie eine Feder!«

Homily und Arrietty rieben sich ihre Schultern und

sagten nichts. Sie lächelten sogar schwach, ein schwacher Abglanz von Pods Stolz und Freude. »Nun setzt euch beide hin. Das habt ihr gut gemacht. Also, ihr seht, dass es klappt.«

Er stand vor ihnen und blickte auf sie herunter, wie sie so brav im Gras saßen. »Es ist so«, erklärte er. »Ich habe dir von den Gefahren erzählt, Arrietty, und dass wir jetzt ganz tapfer sein müssen (und es gibt keinen, der tapferer ist als deine Mutter, wenn's darauf ankommt). Wir dürfen nicht leichtsinnig sein. Wir müssen genau planen und die Nerven behalten. Wir dürfen nicht unsere Energie verschwenden, indem wir einfach nur aus Spaß eine Hecke hinaufklettern und so was. Und wir können uns keine Risiken leisten. Wir müssen einen Plan machen und uns daran halten. Verstanden?«

»Ja«, sagte Arrietty, und Homily nickte.

»Dein Vater hat recht«, sagte sie.

»Man muss ein Ziel haben«, fuhr Pod fort, »und unser Ziel ist ganz klar: Wir müssen den Dachsbau finden. Also, wie fangen wir das an? Es ist eine große Wiese, es wird uns den ganzen Tag kosten, die eine Seite entlangzugehen, ohne in irgendwelche Löcher hineinzusehen. Angenommen, ich gehe allein los und suche. Nun, deine Mutter hätte keinen Augenblick Ruhe, bis sie mich wiederhätte. Sie stellt sich die schlimmsten Dinge vor. Und sie steckt dich damit an, Arrietty. Nun, das ist alles unnötiger Kraftverschleiß, und wir können uns nicht viel davon leisten. Wenn man sich aufregt, macht man dumme Sachen, und dann passieren Unfälle. Also, mein Vorschlag ist«, fuhr Pod fort, »dass wir uns langsam um die Wiese herumarbeiten, wie ich letzte Nacht gesagt habe, um die Ecken.«

»Hecken«, korrigierte Arrietty leise, ohne nachzudenken.

»Ich habe gehört, was du gesagt hast, Arrietty«, bemerkte Pod ruhig (er beneidete sie nur selten um ihre bessere Bildung). »Es gibt Hecken und Ecken, und ich meinte Ecken.«

»Entschuldigung«, murmelte Arrietty und errötete.

»Wie ich schon sagte«, fuhr Pod fort, »arbeiten wir uns systematisch um die Wiese herum und untersuchen die Böschungen und«, er sah Arrietty scharf an, »die *Hecken* und übernachten dort, wo wir gerade sind: einen Tag hier, ein oder zwei Tage dort, je nach Lust und Laune. Oder je nach Löchern und Höhlen. Es gibt hohe Böschungen, wo es keine Dachsbaue gibt. Die können wir auslassen. Du siehst, Homily, wir könnten das nicht tun, wenn wir nicht einen festen Wohnsitz hätten.«

»Du meinst«, fragte Homily scharf, »dass wir den Stiefel hinter uns herziehen müssen?«

»Nun«, sagte Pod, »war er denn schwer?«

»Mit all unseren Sachen drin schon.«

»Nicht über Gras«, sagte Pod.

»Und den Hügel hinauf?!«, rief Homily.

»*Über ebene Erde* hier am Wiesenrand«, verbesserte Pod geduldig, »so lange wie möglich. Dann den Hügel hinauf zum anderen Ende der Wiese an der Bachseite. Dann hinüber, wieder *auf ebener Erde.* Dann das letzte Stück, das uns wieder zum Zauntritt bringt, und da geht es die ganze Zeit bergab!«

»Hm-m-m«, sagte Homily wenig überzeugt.

»Nun«, sagte Pod, »heraus damit. Sag ruhig, was du denkst: Ich bin für alle Vorschläge offen.«

»Oh, Mutter«, bat Arrietty, dann verstummte sie.

»Müssen Arrietty und ich die ganze Zeit ziehen?«, fragte Homily.

»Sei nicht dumm«, sagte Pod, »wir wechseln uns natürlich ab.«

»Also gut«, seufzte Homily, »wenn es nicht zu ändern ist, muss es eben sein.«

»Das ist mein tapferes altes Mädchen«, sagte Pod. »Nun zum Proviant … *Essen*«, erklärte er Homily, als sie ihn verwirrt ansah. »Wir werden am besten ein für alle Mal zu Vegetariern, sonst schneiden wir uns ins eigene Fleisch.«

»Und wir werden uns nicht ins eigene Fleisch schneiden«, bemerkte Homily grimmig, »wenn wir Vegetarier sind.«

»Die Nüsse sind schon zu sehen«, sagte Pod. »Da unten in der geschützten Ecke werden sie fast reif sein. Es gibt viele Früchte, Brombeeren und Walderdbeeren und viel Salat, wie zum Beispiel Löwenzahn und Sauerampfer. Im Kornfeld hinter dem Zauntritt stehen noch die Ähren. Wir schaffen es, wir müssen uns nur erst daran gewöhnen. Kein Gejammer nach gekochtem Schinken, Fleischklößen und solcherart Futter. Also, Arrietty«, fuhr er fort, »da du so gerne in Hecken kletterst, gehst du am besten mit deiner Mutter los und sammelst uns ein paar Nüsse, wie wäre das, hm? Und ich geh rein und werd ein bisschen schustern.« Er sah den Stiefel an.

»Und wo finden wir die Nüsse?«, fragte Arrietty.

»Da, auf der Hälfte des Weges«, Pod deutete auf hellgrüne Ranken in der Hecke, »bevor ihr an den Bach kommt. Du kletterst rauf, Arrietty, und wirfst sie runter, und deine Mutter sammelt sie auf. Ich komme später zu euch: Wir müssen eine Grube graben.«

»Eine Grube? Wozu denn das?«, fragte Arrietty.

»Wir können die schweren Nüsse nicht mit uns herumschleppen«, erklärte Pod, »nicht in einem Stiefel von dieser Größe. Wo immer wir Proviant sammeln, graben wir eine Grube und merken uns die Stelle für den Winter.«

»Winter«, klagte Homily schwach.

Als Arrietty ihrer Mutter über die schwierigen Stellen im Graben half, der, seicht und trocken, als eine Art Straße benutzt werden konnte, fühlte sie sich Homily so nah wie seit Jahren nicht mehr. Sie war eher wie eine Schwester, fand sie.

»Oh, sieh doch!«, rief Homily, als sie eine rote Pimpernelle erblickten. Sie bückte sich und pflückte sie an ihrem dünnen Stängel. »Ist sie nicht schön?«, sagte sie mit weicher Stimme. Sie berührte die zarten Blütenblätter mit ihren schwieligen Fingern und steckte sich die Blume an ihre Bluse. Arrietty fand eine hellblaue Ergänzung in einem zarten Adonisröschen und steckte es sich ins Haar. Und plötzlich schien ihr der Tag wie ein Feiertag. Blumen für die Borger, dachte sie. Zuletzt erreichten sie die Stelle, wo die Nüsse wuchsen. »Oh, Arrietty!«, rief Homily und blickte mit einer Mischung aus Stolz und Angst in die weit ausladenden Zweige hinauf. »Da kannst du niemals hinaufklettern.«

Aber Arrietty konnte und tat es. Sie war stolz darauf, Homily ihre Kletterkünste zeigen zu können. Wie ein Arbeiter zog sie ihre Strickjacke aus, hängte sie an den graugrünen Stachel einer Distel, rieb sich die Hände (vor Homily wollte sie nicht in die Hände spucken) und kletterte die Böschung hinauf.

Homily beobachtete sie von unten mit ängstlich gefalteten Händen, die sie gegen ihr Herz presste. Die Blätter außen an der Hecke zitterten, als Arrietty unsichtbar im Inneren hinaufkletterte. »Alles in Ordnung?«, rief sie immer wieder. »Oh, Arrietty, sei bloß vorsichtig! Stell dir vor, du fällst herunter und brichst dir ein Bein!« Nach einer Weile fielen die Nüsse herunter, und Homily lief unter Beschuss hierhin und dorthin, um sie aufzusammeln. Nüsse zu sammeln war nicht so einfach, wie Arrietty gedacht hatte. Zum einen war es immer noch früh im Jahr, und die Nüsse waren noch nicht ganz reif. Jede steckte noch in einer Art grünem Fingerhut und hing fest am Busch. Es war wirklich anstrengend für Arrietty, die Früchte herauszulösen, bis sie herausfand, wie sie sie mit einer kurzen Handbewegung abdrehen konnte. Und zum anderen war es auch nicht einfach, die Nüsse zu erreichen. Sie musste balancieren oder hin- und herschwingen oder auf einem bedrohlich schwankenden Ast vorwärtsrutschen (später machte ihr Pod aus einem Stück Blei, etwas Zwirn und einer biegsamen Wurzel eine Art Schwingknüppel, mit dem sie die Nüsse herunterschlagen konnte). Aber sie hielt durch, und bald lag ein ziemlich großer Haufen Nüsse im Graben, ordentlich gestapelt von der schwitzenden Homily.

»Das reicht jetzt!«, rief Homily nach einer Weile atemlos. »Hör auf, sonst wird dein Vater niemals mit der Grube fertig.« Und Arrietty kletterte hinunter, erhitzt und zerzaust, mit zerkratztem Gesicht und schmerzenden Händen. Sie warf sich der Länge nach in den fleckigen Schatten eines Kerbels und klagte über Durst.

»Nun, weiter unten ist Wasser, hat dein Vater gesagt. Glaubst du, du schaffst es bis dahin?«

Natürlich schaffte Arrietty es. Sie mochte müde sein, aber sie war fest entschlossen, dieses neue Gefühl der Verbundenheit mit ihrer Mutter zu stärken. Sie nahm ihre Strickjacke, und sie gingen weiter den Graben entlang.

Die Sonne stand nun höher, und der Boden war heißer. Sie kamen an eine Stelle, wo einige Käfer einen toten Maulwurf fraßen. »Sieh nicht hin«, sagte Homily, beschleunigte ihre Schritte und wandte die Augen ab, als sei es ein Verkehrsunfall.

Aber Arrietty, die etwas praktischer dachte, sagte: »Aber wenn sie fertig sind, könnten wir vielleicht das Fell haben. Wir könnten es gebrauchen«, führte sie aus, »für den Winter.«

»Winter«, seufzte Homily. »Das sagst du nur, um mich zu quälen«, fügte sie plötzlich ärgerlich hinzu.

Der Bach, den sie erreichten, war weniger ein Bach als ein kleiner klarer Teich, dessen glatte Oberfläche von vielen sich ausdehnenden Silberkreisen gebrochen wurde, wenn die aufgeschreckten Frösche ins Wasser sprangen. Der Bach tauchte aus einem dichten Wald hinter der Hecke auf, kreuzte eine Ecke der Wiese und dehnte sich aus zu einem kleinen Sumpf aus Kresse, Morast und tief eingedrückten Hufspuren. Auf der anderen Seite des Bachs war die Wiese nicht durch Hecken, sondern durch einige modrige Pfosten begrenzt, von denen rostiger Draht über dem Wasser hing. Hinter dieser schwankenden Grenze schienen sich die schattigen Baumstämme des Waldes zusammenzudrängen und sich zu verschwören, als sehnten sie sich danach, über den Streifen Wasser zu eilen, um die sonnige Wiese zu erreichen. Arrietty sah den pudrigen blauen Nebel wilder Vergissmeinnicht und hier und da eine einsame Teichbinse. In den Hufspuren stand das Wasser, und ein köstlicher Geruch nach Feuchtigkeit und Minze lag in der Luft. Eine zarte Wellenbewegung brach die stille reflektierende Oberfläche des winzigen Teiches. Es sah schön aus, dachte Arrietty, und seltsam aufregend: Niemals zuvor hatte sie so viel Wasser gesehen.

»Brunnenkresse!«, bemerkte Homily mit flacher Stimme. »Wir nehmen uns davon etwas zum Abendbrot mit.«

Sie suchten sich ihren Weg um die Kraterseen in den Hufspuren herum, deren dunkles stehendes Wasser den wolkenlosen Himmel reflektierte. Arrietty beugte sich darüber und sah ihr Spiegelbild, das sich scharf gegen das träumende Blau des Himmels abhob. Aber es sah merkwürdig verzerrt aus und stand irgendwie auf dem Kopf.

»Pass auf, dass du nicht hineinfällst, Arrietty«, warnte Homily, »du hast bloß ein Kleid zum Wechseln, denk dran. Weißt du«, fuhr sie interessiert fort und zeigte auf eine der Teichbinsen, »so etwas hätte ich gut zu Hause brauchen können. Genau das Richtige, um damit zu fegen. Ich frage mich, warum dein Vater nie daran gedacht hat. Und trink noch nichts«, riet Homily, »warte, bis wir dort hinkommen, wo das Wasser fließt. Genauso mit der Brunnenkresse: Man darf sie nicht dort pflücken, wo das Wasser steht. Man weiß nie, was einen dort erwartet.«

Schließlich fanden sie eine Stelle, von der aus man trinken konnte: ein stabiles Stück Rinde, das fest im Morast steckte und in den Bach hineinragte, so dass es eine Art Landesteg bildete. Die Rinde war grau und knubbelig und sah aus wie ein Krokodil, das sich sonnte.

Arrietty legte sich der Länge nach auf die raue Oberfläche, formte ihre Hände zu einer Schale und trank in langen Zügen das kühle Wasser. Homily tat es ihr nach einigem Zögern und verschämtem Zurechtrücken ihres Rockes nach. »Schade«, sagte sie, »dass wir keinen Eimer oder einen Krug oder eine Flasche haben. Wir könnten im Stiefel etwas Wasser gebrauchen.«

Arrietty antwortete nicht. Sie blickte glücklich in das tiefe Wasser unter der fließenden Oberfläche. »Dürfen Vegetarier Fisch essen?«, fragte sie nach einer Weile.

»Ich weiß nicht recht«, sagte Homily, »wir müssen deinen Vater fragen.« Dann machte sich die Köchin in Homily bemerkbar. »Sind da welche?«, fragte sie hungrig.

»Viele«, murmelte Arrietty verträumt und blickte in die Tiefe. Der Bach schien sanft zu atmen. »So lang wie mein Unterarm. Und ein paar unsichtbare«, fügte sie hinzu, »wie Krabben.«

»Wie meinst du das, *unsichtbar*?«, fragte Homily.

»Nun«, erklärte Arrietty mit derselben abwesenden Stimme, »ich meine, man kann durch sie hindurchsehen. Und ein paar schwarze«, fuhr sie fort, »wie Tropfen aus beweglichem Samt.«

»Sicherlich Blutegel«, bemerkte Homily und schüttelte sich. Nach kurzem Nachdenken fügte sie zweifelnd hinzu: »Gekocht könnten sie vielleicht ganz gut schmecken.«

»Glaubst du, Papa könnte mir ein Fischernetz machen?«, fragte Arrietty.

»Dein Vater kann alles machen«, versicherte ihr Homily treuherzig. »Egal, was, du brauchst es ihm nur zu sagen.«

Arrietty lag eine Weile ganz still da, fast döste sie auf dem sonnigen Stück Rinde ein. Und als sie schließlich etwas zu Homily sagte, fuhr diese erschreckt zusammen. Auch sie war, eingelullt von der plötzlichen Stille, eingeschlafen. Man darf auf so einem Stück Holz nicht einfach einschlafen, dachte sie, sonst fällt man noch ins Wasser. Sie richtete sich mit einem Ruck auf und blinzelte heftig.

»Was hast du gesagt, Arrietty?«, fragte sie.

»Ich habe gefragt«, fuhr Arrietty nach einer Weile mit träger Stimme fort (sie sprach, als hätte sie auch geträumt), »ob wir den Stiefel nicht hier herbringen könnten? Hierher ans Wasser?«

Kapitel acht

MY HOME IS MY CASTLE
1666: Beginn des großen Brandes in London
Auszug aus Arriettys Tagebuch mit Sprichwörtern vom 2. September

Und genau das taten sie. Pod wurde befragt, und er begutachtete den Platz, wägte das Für und Wider gegeneinander ab und schlug schließlich zögernd vor, als wäre es seine eigene Idee, dass sie umziehen sollten. Ein Stück weiter die Hecke entlang wählten sie einen Platz, der geschützt und nah am Bach lag. »Homily kann hier waschen. Wir brauchen das Wasser«, bemerkte Pod beinahe verteidigend, als sei ihm der Gedanke gerade erst gekommen. »Und *vielleicht* mache ich auch ein Fischernetz.«

Obwohl er voll beladen war, ließ sich der Stiefel ganz leicht durch den flachen Graben ziehen, denn sie legten sich alle drei ins Geschirr. Der Platz, den Pod ausgewählt hatte, war eine Plattform oder eine Art Alkoven, der auf halber Höhe der Böschung unter der Hecke lag.

»Man sollte sich immer einen Platz aussuchen, der ziemlich weit oben liegt«, erklärte er, als sie den Stiefel im Graben ausräumten, um ihn leichter hochziehen zu können, »wenn man so nah an einem Bach liegt. Oder falls wir noch mal so einen Regen wie gestern Nacht erleben. Denkt an die Überschwemmung«, fuhr er fort, während er nach einem scharfen Werkzeug suchte, »die wir zu Hause hatten, als der Küchenboiler explodierte.«

»Was meinst du damit?«, schniefte Homily. »Warum sollen wir daran denken? Das war doch kochend heißes Wasser.« Sie streckte sich, blickte die Böschung hinauf und betrachtete den Platz.

Er war gut gewählt. Wie das Verlies einer Burg, meinte Arrietty, aber in ihrem Fall sah das Verlies eher wie eine sonnige, luftige Höhle aus. Eine riesige Eiche, die einst inmitten der Hecke gestanden hatte, war abgesägt worden. Fest und kreisförmig wie der Wachturm einer Festung lag sie über der Böschung, dort, wo die Hecke dünner wurde. Ihre Wurzeln ragten wie Torbögen in die Luft, einige waren nicht abgestorben, sondern hatten ausgeschlagen, und eine Menge Schösslinge wuchsen wie winzige Eichen aus ihnen heraus. Einer dieser Schösslinge ragte über ihre Höhle und warf einen ungleichmäßigen Schatten über den Eingang.

Die Unterseite einer dicken Wurzel formte das Dach

ihrer Höhle, während andere, kleinere Wurzeln die Wände und den Fußboden bildeten. Letztere, erklärte Pod, könnte man gut als Balken und Regale benutzen.

Pod war nun sehr damit beschäftigt, einige Nägel aus der Stiefelsohle zu ziehen. »Es ist eigentlich eine Schande«, sagte Homily, während sie und Arrietty ihre Habe sortierten, um sie schon hinaufzutragen. »Du wirst den ganzen Absatz ablösen.«

»Was nützt uns der Absatz?«, fragte Pod schwitzend vor Anstrengung. »Wir werden den Stiefel ja nicht anziehen. Und ich brauche die Nägel nun mal«, fügte er bestimmt hinzu.

Sie entschieden, dass die flache Oberseite des Baumstammes als Ausguck, zum Wäschebleichen und Trocknen von Kräutern und Früchten dienen könnte. Oder auch zum Kornmahlen. Pod musste kleine Stufen in die Böschung schlagen, um den Aufstieg zu erleichtern. (Dieses tat er allerdings später, und noch Jahre danach wurden diese Stufen von Naturwissenschaftlern für das Werk eines Buntspechts gehalten.)

»Wir müssen noch eine Grube für die Nüsse graben«, bemerkte Pod und reckte seinen schmerzenden Rücken. »Am besten machen wir hier erst mal alles ordentlich und gemütlich für die Nacht, und nach der Graberei können wir uns dann gleich ins Bett legen.«

Sieben Nägel, so entschied Pod, seien genug fürs Erste. Es war harte Arbeit, sie aus dem Stiefel zu ziehen. Die Idee war ihm gekommen, als er das Loch am Zeh geflickt hatte. Bisher hatte er immer nur mit dem weichsten Handschuhleder gearbeitet, und seine kleine Stopfnadel war zu schwach, um sie durch den harten Absatz des Stiefels zu bohren. Mit dem Klöppel als Hammer konnte er mit Hilfe eines Nagels eine Reihe passender Löcher in den Stiefel selbst und in die Lasche schlagen, die mit dem Stiefel zusammengenäht werden sollte. Nun brauchte er nur noch den Zwirn durch die Löcher zu fädeln. Ferner hatte er ein paar Ösen in den Stiefelschaft gebohrt, so dass sie ihn nachts, falls nötig, zuziehen konnten, so wie Camper ihr Zelt verschließen.

Es dauerte nicht lange, den leeren Stiefel die Böschung hinaufzuziehen, aber ihn in die richtige Position unter der Hauptwurzel in der Höhle zu bringen war eine schwierige Aufgabe, und viel Hin- und Hergeschiebe war dazu nötig. Endlich waren sie keuchend, doch sehr erleichtert damit fertig geworden.

Der Stiefel lag auf der Seite. Seine Sohle zeigte gegen die Rückwand, die Öffnung nach draußen, so dass sie auch nachts, wenn sie aufgeschreckt würden, jeden Ankömmling sehen konnten, und die Morgensonne in den Stiefel hineinschien.

Pod schlug ein paar Nägel in die regalartige Wurzel an der rechten Höhlenwand (diese Seite war beinahe vollständig vom Stiefel bedeckt) und hängte sein Werkzeug daran: die halbe Nagelschere, die Laubsäge, den Klingelklöppel und das Stück Rasierklinge.

Über diesem Regal gab es eine kleine Höhle, die Homily als Speisekammer benutzen konnte.

Als Pod dann die größere Hutnadel an einer strategisch günstigen Stelle nahe dem Höhleneingang platziert hatte (die kleinere wollten sie im Stiefel behalten, gegen »nächtliche Ruhestörungen«, wie Pod anmerkte), schien es, dass sie vorerst die wichtigsten Dinge erledigt hätten. Trotz ihrer Müdigkeit fühlten sie sich nach diesen sinnvollen Anstrengungen sehr zufrieden.

»Oh, mein Rücken!«, rief Homily und stemmte die Hände in die Hüften. »Lass uns einen Moment hinsetzen, Pod, und uns ausruhen und den Ausblick genießen.« Es lohnte wirklich, sich den Nachmittagshimmel anzusehen. Sie konnten die ganze Wiese überblicken. Ein Fasan erhob sich aus der fernen Baumgruppe und flatterte nach links hinüber außer Sicht.

»Wir können nicht lange hier sitzen bleiben«, sagte Pod nach einer Weile. »Wir müssen die Grube graben.«

Müde holten sie die halbe Nagelschere und eine Borgetasche für den Fall, dass sie auf ihrem Weg etwas entdecken sollten, und dann kletterten sie alle drei die Böschung hinab.

»Mach dir nichts draus, Homily«, tröstete Pod, als sie durch den Graben gingen, »wir können gleich danach ins Bett gehen. Und du brauchst nicht zu kochen«, erinnerte er sie.

Aber Homily war nicht getröstet. Sie merkte auf einmal, dass sie genauso müde wie hungrig war, aber irgendwie, stellte sie grimmig fest, hatte sie keinen Appetit auf Nüsse.

Als sie die Stelle erreichten und Pod die ersten Grassoden entfernt hatte, um an die Erde zu gelangen (für ihn hatten die Grasbüschel die Größe von Pampassträuchern), wurde Homily wieder etwas lebendiger. Sie war entschlossen, ihre Rolle zu spielen, und heute war es eben die Rolle der tapferen Gehilfin. Sie hatte nie zuvor gegraben, aber die Aussicht darauf erregte sie. Die seltsamsten Dinge waren in dieser fremden Welt möglich, und vielleicht (man konnte nie wissen!) entdeckte sie ganz neue Talente an sich.

Sie mussten sich mit der Nagelschere abwechseln. »Macht euch nichts draus«, sagte Pod. »Gleich morgen werde ich uns ein paar Spaten schnitzen.« Homily schrie, als sie den ersten Wurm sah. Er war genauso lang wie sie, sogar länger, stellte sie fest, als sich der Rest aus der

Erde wand. »Heb ihn auf!«, rief Pod. »Er tut dir nichts. Du musst es lernen.« Und bevor Arrietty, die selbst nicht gerade versessen auf Würmer war, ihr zu Hilfe eilen konnte, sah sie, wie ihre Mutter den sich windenden Wurm angewidert mit angespannten Muskeln hochhob und ihn ein paar Zentimeter neben dem Loch fallen ließ, wo er dankbar schlängelnd durch das Gras entschwand. »Er war schwer«, stellte Homily nüchtern fest und begann wieder zu graben, das war ihr einziger Kommentar. Aber Arrietty fand, dass sie ein wenig blasser geworden war. Nach ihrem dritten Wurm benahm sich Homily schon ganz gleichgültig: Sie ging wie ein professioneller Schlangenbändiger mit ihm um, beinahe gelangweilt. Arrietty war sehr beeindruckt.

Anders war es allerdings, als ihre Mutter einen Tausendfüßler ausgrub. Da schrie Homily nicht nur, sondern rannte mit gerafftem Rock die halbe Böschung hinauf, wo sie am ganzen Leibe zitternd auf einem flachen Stein stehen blieb. Sie war erst bereit, wieder herunterzukommen, als Pod den Tausendfüßler mit der Nagelschere antippte und er ärgerlich im Gräserdschungel verschwand.

Sie nahmen ein paar Nüsse zum Abendbrot mit. Zusammen mit einigen Walderdbeeren und ein oder zwei Blättern Brunnenkresse, die sie in dem kühlen Wasser

wuschen, stellten sie eine ausreichende, wenngleich traurige Mahlzeit dar. Irgendetwas fehlte, ein Stückchen Keks wäre schön gewesen oder eine gute Tasse heißer Tee. Aber das restliche Stück Keks, entschied Homily, musste bis zum Frühstück aufgehoben werden, und Tee, das hatte Pod bestimmt, sollte nur noch bei feierlichen Anlässen oder in Notfällen getrunken werden.

Trotzdem schliefen sie gut. Sie lagen verborgen hinter der schützenden Wurzel in ihrem verschlossenen Stiefel und fühlten sich sicher. Sie hatten nicht viel Luft, aber sie lagen längst nicht mehr so beengt, denn die meisten ihrer Habseligkeiten konnten nun draußen in dem sandigen, wurzeligen Nebenraum gestapelt werden.

Kapitel neun

WIE DU SÄEST, SO WIRST DU ERNTEN
1658: Tod von Oliver Cromwell, Schirmherr von England
Auszug aus Arriettys Tagebuch mit Sprichwörtern vom 3. September

Nun«, sagte Pod am nächsten Morgen beim Frühstück, »heute werden wir Korn sammeln. Dort drüben liegt ein Kornfeld. Nüsse und Früchte sind ja ganz schön«, fuhr er fort, »aber im Winter werden wir Brot brauchen.«

»Winter?«, jammerte Homily. »Suchen wir denn jetzt nicht mehr nach dem Dachsbau? Und«, fuhr sie fort, »wer soll denn das Korn mahlen?«

»Du und Arrietty. Oder könnt ihr das nicht?«, fragte Pod. »Zwischen zwei Steinen?«

»Als Nächstes wirst du uns fragen, ob wir nicht mit zwei Hölzern Feuer machen können«, grummelte Homily. »Und wie soll ich, deiner Meinung nach, ohne einen Ofen backen? Und wie ist es mit Hefe? Also, wenn du mich fragst«, fuhr sie fort, »dann brauchen wir überhaupt kein Korn zu sammeln, um Brot zu backen und den ganzen Kram. Wir sollten uns ein paar Nüsse in die Taschen stecken, Früchte pflücken, die wir unterwegs finden, und dann ordentlich nach den Hendrearys Ausschau halten.«

»Wie du willst«, stimmte Pod nach einer Weile seufzend zu.

Sie räumten das Frühstück weg, legten die wertvollsten Teile ihrer Habe in den Stiefel und schnürten ihn sorgfältig zu. Dann wanderten sie den Hügel hinauf und gingen hinter dem Bach die Hecke entlang, die sich rechts neben der Böschung erstreckte, wo sie die Nacht verbracht hatten.

Es war ein ermüdender Marsch. Das einzige Abenteuer erlebten sie mittags, als sie sich nach einem bescheidenen Mahl aus verregneten überreifen Brombeeren ausruhten. Homily lag auf dem Rücken und betrachtete mit trägen Augen den Spalt zwischen einem Stein und einem dicken Ast. Dort fing der Boden an, sich zu bewegen. Er schien langsam, aber stetig aus dem Spalt herauszufließen.

»Oh, du meine Güte, Pod«, keuchte sie, nachdem sie noch einen Moment länger hingesehen hatte, um sicherzugehen, dass es keine optische Täuschung war, »siehst du, was ich sehe? Da, bei dem Ast!« Pod, der ihrem Blick gefolgt war, sprach nicht gleich, und als er es tat, war es kaum mehr als ein Flüstern.

»Ja«, hauchte er, »es ist eine Schlange.«

»Oh, du meine Güte«, keuchte Homily wieder mit zitternder Stimme, und Arriettys Herz fing wild zu schlagen an.

»Bewegt euch nicht«, flüsterte Pod und heftete seinen Blick auf die Schlangenbewegungen. Sie schienen kein Ende zu nehmen … die Schlange wurde immer länger und länger (es sei denn, dachte Arrietty später, dass sich die Zeit selbst, wie man oft behauptete, im Augenblick der Gefahr verlangsamte). Aber gerade, als sie alle drei dachten, sie könnten den Anblick nicht länger ertragen, sahen sie das Zucken des Schwanzes.

Sie atmeten auf. »Was war das, Pod?«, fragte Homily schwach. »Eine Natter?«

»Eine Ringelnatter, glaube ich«, sagte Pod.

»Oh«, rief Arrietty mit einem erleichterten kleinen Lachen, »die sind harmlos.«

Pod sah sie ernst an. Sein rotes Gesicht, das dem eines Kaninchens ähnelte, sah blasser aus als sonst. »Für Menschen«, sagte er langsam. »Und außerdem«, fügte er hinzu, »kann man mit Schlangen nicht reden.«

»Schade«, bemerkte Homily, »dass wir keine Hutnadel mitgebracht haben.«

»Wozu hätten wir die denn gebrauchen sollen?«, fragte Pod.

Ungefähr zur Teezeit (Hagebutten diesmal, sie hatten genug von verregneten Brombeeren) stellten sie zu ihrer Überraschung fest, dass sie schon mehr als die Hälfte des dritten Wiesenrandes hinter sich gelassen hatten. Sie waren mehr gelaufen und hatten weniger gesucht. Nirgendwo hätten die Hendrearys wohnen können, geschweige denn eine Dachsfamilie. Die Böschung senkte sich allmählich, während sie ihren Weg neben der Hecke aufwärts schritten, bis diese schließlich ganz verschwand.

»Zurückzugehen ist jetzt genauso weit wie weiterzulaufen«, sagte Pod. »Was meinst du, Homily?«

»Wir gehen weiter«, sagte Homily heiser, denn der haarige Samen einer Hagebutte steckte in ihrem Hals. Sie begann zu husten. »Ich dachte, du hättest sie saubergemacht«, beschwerte sie sich bei Arrietty, als sie wieder Luft bekam.

»Ich muss eine vergessen haben, tut mir leid«, sagte Arrietty und gab ihrer Mutter eine neue halbe, frisch geputzte Hagebutte. Es machte ihr Spaß, die hellroten Bälle zu öffnen und das goldene Nest der dichtgedrängten Samen herauszugraben. Sie mochte den Geruch der Hagebutten, sie rochen nach Apfelschalen, fand sie, die mit einer Prise Rosenblätter gesüßt worden waren.

»Also dann«, sagte Pod und stand auf, »gehen wir besser weiter.«

Die Sonne ging schon unter, als sie den vierten und letzten Feldrand erreichten, wo die Hecke einen ungleichmäßigen Schattenteppich auf die Erde warf. Durch ein Loch in der Hecke konnten sie zwischen den dichten Blättern das strahlende goldene Licht über dem Stoppelfeldmeer sehen.

»Da wir nun schon mal hier sind«, sagte Pod, »und der Rückweg meist bergab geht, was hieltet ihr von ein oder zwei Kornähren?«

»Viel«, sagte Homily müde, »wenn sie Beine hätten und hinter uns hergehen könnten.«

»Korn ist nicht schwer«, sagte Pod. »Und es geht ganz schnell, ein oder zwei Ähren aufzusammeln.« Homily seufzte. Immerhin war sie es gewesen, die diesen Ausflug vorgeschlagen hatte. Wer A sagt, muss auch B sagen, dachte sie ergeben. »Wie du willst, Pod.« Und so kletterten sie durch die Hecke in das Kornfeld.

Sie kletterten in eine fremde Welt (so schien es Arrietty), die so ganz anders aussah als die Erde sonst: Die goldenen Stoppeln leuchteten in der Abendsonne und standen in Reihen wie ein entblätterter, farbloser Wald.

Jeder einzelne Halm warf seinen eigenen langen Schatten, und alle Schatten, die von der Sonne in eine Richtung gekämmt wurden, lagen parallel nebeneinander ... so entstand ein bizarres Muster aus Schwarz und Gold, das bei jedem Schritt flimmerte und flackerte. Zwischen den Halmen auf der trockenen, strohbedeckten Erde wuchsen rote Pimpernellen in Mengen, und hier und da lag eine reife Weizenähre.

»Nehmt auch die mit etwas Halm dran«, riet Pod. »Dann lassen sie sich leichter tragen.«

Das Licht in diesem unwegsamen, von Käfern heimgesuchten Wald war so eigenartig, dass Arrietty immer wieder ihre Eltern aus den Augen zu verlieren schien. Von panischem Schrecken gepackt, fand sie sie dann ganz in ihrer Nähe wieder, Sonnenlicht und Schatten bildeten ein Streifenmuster auf ihren Körpern.

Schließlich konnten sie nicht mehr Ähren tragen, und Pod hatte ein Einsehen. Sie versammelten sich auf ihrer Seite der Hecke, jeder mit zwei Bündeln Ähren in der Hand, die sie kopfüber an den kurzen Halmen trugen. Arrietty musste an Crampfurl denken, der oft mit einem Strang Zwiebeln für die Küche in der Hand am Gitter vorbeigegangen war. Die Zwiebeln waren zusammengebunden gewesen und hatten Ähnlichkeit mit den Ähren, auch in der Größe.

»Schaffst du das auch alles?«, fragte Pod Homily besorgt, die vor ihnen den Hügel hinablief.

»Lieber trage ich das Korn, als dass ich es mahle«, gab Homily, ohne sich umzublicken, zurück.

»Auf dieser Seite kann es keinen Dachsbau geben«, keuchte Pod, der die schwerste Last trug, als er Arrietty eingeholt hatte. »Hier gibt es zu viele Pflüge, Saatmaschinen, Hunde, Menschen, Pferde, Eggen und was nicht alles.«

»Wo könnte er dann sein?«, fragte Arrietty und legte ihr Korn einen Moment auf den Boden, um ihre Arme auszuruhen. »Wir sind einmal ganz herumgegangen.«

»Es gibt nur noch eine Stelle, wo wir nachsehen können«, sagte Pod. »Bei den Bäumen in der Mitte.« Bewegungslos stand er im Schatten und blickte über das ausgestreckte Weideland. Die Wiese sah in diesem Licht genauso aus wie am ersten Tag (konnte es wirklich erst vorgestern gewesen sein?). Aber von ihrem Platz aus konnten sie nicht die dunklen Schatten der Bauminsel erkennen.

»Offenes Gelände«, sagte Pod nachdenklich. »Deine Mutter würde es nicht schaffen.«

»Ich könnte es«, sagte Arrietty. »Ich würde gern gehen!«

Pod sagte nichts. »Ich muss darüber nachdenken«, sagte er nach einer Weile. »Komm jetzt, Mädchen, nimm deine Ähren, sonst schaffen wir es nicht vor dem Dunkelwerden.«

Sie schafften es nicht. Zumindest lag die Dämmerung über dem Graben ihres Heimwegs, und es war fast dunkel, als sie ihre Höhle erreichten. Aber selbst in der Dämmerung fühlten sie sich beim Anblick ihres verschlossenen Stiefels plötzlich zu Hause und willkommen.

Homily sank am Fuß der Böschung auf ihr Bündel mit Korn. »Nur einmal Luft holen«, erklärte sie schwach, »vor der letzten Steigung.«

»Lass dir Zeit«, sagte Pod. »Ich gehe schon vor und mache den Stiefel auf.« Keuchend kletterte er die Böschung hinauf und zog seine Ähren hinter sich her. Arrietty folgte ihm.

»Pod!«, rief Homily aus der Dunkelheit, ohne sich dabei umzudrehen. »Weißt du was?«

»Was?«, fragte Pod.

»Es war ein langer Tag«, sagte Homily. »Wie wäre es, wenn wir uns heute Abend eine schöne Tasse Tee kochen würden?«

»Wie du möchtest«, sagte Pod und schnürte den Stiefel auf. Vorsichtig tastete er hinein. Er hob seine Stimme und rief zu ihr hinab: »Was du jetzt hast, kannst du später nicht haben. Bring mir die halbe Nagelschere,

Arrietty, ja? Sie hängt an einem Nagel im Lagerraum.« Nach einer Weile fügte er ungeduldig hinzu: »Beeil dich – lass dir nicht den ganzen Tag Zeit. Sie hängt da griffbereit.«

»Sie ist nicht da«, kam Arriettys Stimme nach einer Weile.

»Was meinst du damit, sie ist nicht da?«

»Sie ist nicht da. Alle anderen Sachen schon, aber nicht die Nagelschere.«

»Ist nicht da?!«, rief Pod ungläubig. »Warte mal, lass *mich* mal nachgucken.« Ihre Stimmen kamen bei Homily gedämpft an. Sie fragte sich, worum sich die ganze Aufregung drehte.

»Irgendwas oder irgendwer hat sich hier herumgetrieben«, hörte sie Pod nach einer quälenden Pause sagen. Homily hob ihre Ähren auf und kletterte die Böschung hinauf. Sie fand den Aufstieg in der Dämmerung ziemlich schwierig.

»Hol mir ein Streichholz«, sagte Pod mit besorgter Stimme, »und zünde die Kerze an.« Arrietty wühlte im Stiefel herum, um die Streichhölzer zu finden.

Als die Flamme aufgehört hatte zu flackern und ruhig brannte, erhellte sich die kleine Höhle an der Böschung wie ein Bühnenbild. Seltsame Schatten wurden an die Sandwände geworfen. Pod, Homily und Arrietty erschienen beinahe fremd und unwirklich in ihren Bewegungen, wie Schauspieler in einem Theaterstück. Da standen die Borgetaschen, ordentlich übereinandergestapelt, so wie Pod sie verlassen hatte, ihre Öffnungen mit Zwirn verschnürt. Da hingen die Werkzeuge von der Wurzel herunter, und daneben lehnte, wie Pod sie heute Morgen hingestellt hatte, die rote Distel an der Wand, mit der er den Boden gefegt hatte. Dort stand Pod, sein Gesicht weiß im Kerzenlicht, seine Hand an einem leeren Nagel. »Sie war hier«, sagte er und klopfte gegen den Nagel, »hier hab ich sie hingehängt.«

»Oh, du meine Güte!«, rief Homily und legte ihre Ähren ab. »Lasst uns noch einmal suchen.« Sie zog die Borgetaschen zur Seite und tastete dahinter. »Arrietty«, ordnete sie an, »geh du zum Stiefelende.«

Aber sie war nicht da, und wie sie plötzlich feststellten, fehlte auch die größere Hutnadel. »Ausgerechnet diese beiden Sachen«, sagte Pod immer wieder mit sorgenvoller Stimme, während Homily zum dritten oder vierten Mal den Inhalt des Stiefels durchsuchte. »Die kleinere Hutnadel ist hier«, wiederholte sie zum soundsovielten Mal. »Wir haben zumindest eine. Und weißt du: Kein Tier kann einen Stiefel aufschnüren.«

»Aber was für ein Tier«, fragte Pod erschöpft, »nimmt eine halbe Nagelschere mit?«

»Eine Elster vielleicht«, schlug Arrietty vor, »wenn die Schere irgendwie glänzt.«

»Vielleicht«, sagte Pod. »Aber was ist mit der Hutnadel? Ich kann mir keine Elster vorstellen, die beides auf einmal trägt. Nein«, fuhr er nachdenklich fort, »für mich sieht es weder nach einer Elster noch nach irgendeinem anderen Vogel aus. Oder nach einem anderen Tier. Und ich glaube auch nicht, dass es ein menschliches Wesen war. Ein menschliches Wesen, das ein Loch wie dieses findet, wirft alles durcheinander. Die treten erst mal mit dem Fuß dagegen, die menschlichen Wesen draußen, bevor sie irgendetwas mit der Hand anfassen. Für mich«, sagte Pod, »sieht es eher nach einem Borger aus.«

»Oh«, rief Arrietty froh, »dann haben wir sie gefunden!«

»Wen?«, fragte Pod.

»Die Cousins, die Hendrearys!«

Pod war eine Weile still. »Vielleicht«, sagte er unsicher.

»Vielleicht!«, äffte Homily ihn ärgerlich nach. »Wer sollte es denn sonst gewesen sein? Sie wohnen auf dieser Wiese, oder nicht? Arrietty, sei so gut und füll diese Schale mit Wasser. Wir wollen die Kerze nicht verschwenden.«

»Also, hör doch mal …«, begann Pod.

»Aber wir können den Blechdeckel nicht befestigen«, unterbrach Arrietty, »ohne die Nagelschere.«

»Ach, du lieber Himmel!«, beschwerte sich Homily. »Benutz deinen Verstand und denk dir etwas aus! Stell dir vor, wir hätten nie eine Nagelschere besessen! Wickel ein bisschen Zwirn um den Deckel und häng ihn an einem Nagel oder einer Wurzel oder irgendetwas über die Flamme. Was hast du gesagt, Pod?«

»Ich habe gesagt, wir müssen sparsam mit dem Tee umgehen, das ist alles. Wir wollten ihn eigentlich nur bei feierlichen Anlässen oder in wirklichen Notfällen trinken.«

»Nun, wir haben einen, oder?«

»Einen was?«, fragte Pod.

»Einen feierlichen Anlass. Sieht so aus, als hätten wir gefunden, wonach wir gesucht haben.«

Pod blickte besorgt zu Arrietty hinüber, die am anderen Ende der Höhle damit beschäftigt war, Zwirn um einen Drehverschlussdeckel zu knoten. »Nicht so schnell, Homily«, warnte er mit gedämpfter Stimme. »Es hat keinen Zweck, gleich solche Schlussfolgerungen zu ziehen. Sagen wir, es war einer von den Hendrearys. Na gut, warum haben sie uns nicht ein Wort oder ein Zeichen hinterlassen oder sind eine Weile dageblieben und haben auf uns gewartet? Hendreary kennt unsere Sachen, zum Beispiel dieses Sprichwörterbuch von Arrietty, das er so oft zu Hause unter der Küche gesehen hat.«

»Ich weiß nicht, worauf du hinauswillst«, entgegnete Homily mit verstörter Stimme und beobachtete Arrietty besorgt, die den mit Wasser gefüllten Deckel von einer Wurzel über der Kerze herabließ. »Vorsichtig«, rief sie, »dass du nicht den Zwirn anbrennst!«

»Worauf ich hinauswill, ist folgendes«, erklärte Pod. »Sagen wir, man könnte die Nagelschere als eine Klinge oder ein Schwert bezeichnen und die Hutnadel als einen Speer oder einen Dolch. Nun, wer auch immer diese Dinge genommen hat, hat sich bewaffnet, verstehst du? Und er hat uns ohne Waffen zurückgelassen.«

»Wir haben noch die andere Hutnadel«, bemerkte Homily mit besorgter Stimme.

»Mag sein«, sagte Pod, »aber das weiß er nicht. Verstehst du, was ich meine?«

»Ja«, flüsterte Homily unterwürfig.

»Mach Tee, wenn du willst«, fuhr Pod fort, »obwohl wir keinen Grund zum Feiern haben, wirklich nicht.«

Homily blickte unglücklich zur Kerze hinüber. Über dem Aspirindeckel stieg ein Hauch von Wasserdampf auf. »Nun«, begann sie und zögerte. Ihre Stimmung schien sich plötzlich aufzuhellen. »Es kommt auf dasselbe hinaus.«

»Wie meinst du das?«, fragte Pod.

»Mit dem Tee«, erklärte Homily und erholte sich, »nach dem, was du sagst, dass unsere Waffen gestohlen wurden, könnte man von einer ernsten Angelegenheit sprechen. Je nachdem, wie man es betrachtet. Ich meine«, fuhr sie hastig fort, »man könnte sogar von einem wirklichen Notfall sprechen.«

»Kann sein«, stimmte Pod schwach zu. Dann sprang er plötzlich zur Seite und schlug mit den Händen wild um sich. Arrietty schrie, und Homily dachte einen Moment, dass sie beide verrückt geworden waren. Dann sah sie sie.

Eine große Motte war, vom Kerzenschein angelockt, in die Höhle geflogen. Sie war braun und sah in Homilys Augen scheußlich aus wie betrunken und vom Licht geblendet. »Rettet den Tee!«, schrie sie voller Panik, griff nach der Distel und schlug damit wild durch die Luft. Schatten tanzten überall, und bei all ihrem Geschrei spürten sie kaum die plötzliche lautlose Verdichtung der Nacht vor dem Höhleneingang, aber sie fühlten den Windzug, sahen die Kerze flackern und merkten, dass die Motte auf einmal fort war.

»Was war das?«, fragte Arrietty schließlich nach einer furchterfüllten Stille.

»Eine Eule«, sagte Pod. Er sah sehr nachdenklich aus.

»Hat sie die Motte gefressen?«

»Ja, wie sie auch dich fressen würde«, sagte Pod, »wenn du nach dem Dunkelwerden noch herumläufst. Man lernt nie aus«, sagte er. »Keine Kerzen mehr nach der Dämmerung. Bei Sonnenaufgang aufstehen und bei Sonnenuntergang ins Bett. Das werden wir von nun an tun.«

»Das Wasser kocht, Pod«, sagte Homily.

»Tu den Tee hinein«, sagte Pod, »und lösch die Kerze. Wir können genauso gut im Dunkeln trinken.« Er wandte sich ab und lehnte den Besen wieder gegen die Wand. Während Homily den Tee kochte, räumte er die Höhle auf, stapelte die Weizenähren an der Stiefelwand, rückte die Borgetaschen zurecht und sorgte dafür, dass alles für die Nacht vorbereitet war. Als er damit fertig war, ging er zu dem Regal hinüber und ließ seine Hand liebevoll über seine Werkzeuge gleiten, die sorgfältig aufgereiht an der Wand hingen. Bevor sie das Licht löschten, stand er dort, tief in Gedanken versunken, seine Hand ruhte auf einem leeren Nagel.

Kapitel zehn

GLEICH UND GLEICH GESELLT SICH GERN
1870: In Frankreich wird die Republik ausgerufen
Auszug aus Arriettys Tagebuch mit Sprichwörtern vom 4. September

Sie schliefen gut und wachten am nächsten Morgen früh auf. Die Sonne schien schräg in die Höhle hinein, und als Pod den Stiefel aufgeschnürt hatte, wurde auch sein Inneres vom Sonnenlicht durchflutet. Zum Frühstück sammelte Arrietty sechs Walderdbeeren, und Homily schlug mit Pods Klöppel einige Weizenkörner auf, die sie mit Wasser zu einem Brei verrührte. »Und wenn du noch Hunger hast, Arrietty«, bemerkte Homily, »kannst du dir eine Nuss nehmen.« Arrietty hatte Hunger.

Das Programm für den Tag sah folgendermaßen aus: Pod sollte wegen der Ereignisse der letzten Nacht allein eine Expedition über die Wiese zu der Baumgruppe unternehmen, um dort vielleicht den Dachsbau zu finden. Homily sollte wegen ihrer Angst vor offenem

Gelände zurückbleiben, und Arrietty, ordnete Pod an, sollte ihr dabei Gesellschaft leisten. »Es gibt für euch im Haus genug zu tun«, sagte er. »Für den Anfang brauchen wir zum Beispiel eine wasserdichte Borgetasche. Ihr reibt sie von oben bis unten mit Kerzenwachs ein, und dann kann man sie mit Wasser füllen. Dann könnt ihr das Sägeblatt nehmen und ein paar Haselnüsse aufsägen, damit wir daraus trinken können. Und wenn ihr schon dabei seid, könnt ihr gleich noch ein paar Nüsse sammeln und sie in die Höhle bringen, da wir keinen Spaten haben. Dann hängt dort bei der Hecke in der Nähe des Zauntritts etwas Pferdehaar an einem Brombeerstrauch. Davon könnt ihr ein bisschen was mitbringen, und dann mache ich vielleicht ein Fischernetz. Und mehr zerschlagene Weizenkörner könnten auch nicht schaden.«

»Oh, wirklich, Pod«, protestierte Homily. »Wir tun ja gerne, was du möchtest, aber wir sind keine Sklaven!«

»Nun«, sagte Pod, als er nachdenklich über das Grasmeer blickte, »ich werde wohl den ganzen Tag brauchen. Hin, herumsuchen und wieder zurück. Ich will nicht, dass ihr euch Sorgen macht.«

»Ich wusste, dass es so weit kommen würde«, sagte Homily später mit deprimierter Stimme, als sie und Arrietty die Borgetasche mit Wachs einrieben. »Was habe ich dir zu Hause immer gesagt, als du auswandern wolltest? Habe ich dir nicht gesagt, wie es sein würde? Kälte, Motten, Würmer, Schlangen und was nicht alles? Und jetzt hast du ja gesehen, wie es ist, wenn es regnet – wie wird es dann erst im Winter werden? Kannst du mir das vielleicht sagen? Niemand kann behaupten, dass ich mich nicht wirklich bemühe«, fuhr sie fort, »und keiner wird von mir einen Laut der Klage hören, aber denk an meine Worte, Arrietty: Keiner von uns wird den nächsten Frühling erleben.« Eine runde Träne fiel auf den gewachsten Stoff und rollte wie eine Murmel herab.

»Was ist mit dem Rattenfänger?«, warf Arrietty ein. »Wir hätten auch keinen Frühling mehr erlebt, wenn wir zu Hause geblieben wären.«

»Und es würde mich gar nicht wundern«, fuhr Homily unbeirrt fort, »wenn der Junge recht gehabt hätte. Weißt du noch, was er über das Ende unserer Art sagte? Unsere Zeit ist gekommen, das glaube ich. Wenn du mich fragst, dann sterben wir aus.«

Aber sie wurde wieder etwas fröhlicher, als sie die Tasche hinunter zum Bach trugen, um sie mit Wasser zu füllen, und ein Stückchen Seife zum Waschen mitnahmen. Die drückende Hitze und das sanfte Schlagen der kleinen Wellen schien sie zu beruhigen. Sie ermu-

tigte Arrietty sogar zu baden und ließ sie ein bisschen im seichten Wasser herumplanschen. Ein so leichtes Wesen wie Arrietty wurde vom Wasser wie eine Feder getragen, und Arrietty spürte, dass sie schon bald schwimmen könnte. Wo sie sich mit Seife gewaschen hatte, wurde das Wasser trübe und halb durchsichtig wie ein Mondstein.

Nach dem Bad fühlte Arrietty sich erfrischt. Homily wollte in der Höhle bleiben, um sich um das Essen zu kümmern, und sie ging die Hecke entlang, um das Pferdehaar zu sammeln (nicht, dass es viel zu kümmern gab, dachte Homily gereizt, als sie ein paar Hagebutten und ein bisschen Brunnenkresse vor die Höhle auf den Boden legte und mit dem Klöppel einige Nüsse knackte).

Das Pferdehaar hing an einem Brombeerstrauch mitten in der Hecke, aber Arrietty war nach ihrem kühlen Bad nur zu froh über eine Gelegenheit, klettern zu können. Als sie wieder herabstieg und mit ihrem Fuß nach einem Halt suchte, stieß sie einen kleinen Schrei aus: Ihre Zehen hatten nicht die kühle Rinde berührt, sondern etwas Weiches und Warmes. Mit dem Pferdehaar in der Hand klammerte sie sich an einen Ast und starrte durch die Blätter. Alles war still, sie sah nichts außer den verzweigten Ästen, die in der Sonne leuchteten. Nach ein oder zwei Sekunden, in denen sie sich nicht zu rühren wagte, sah sie aus den Augenwinkeln eine zitternde Bewegung, so als hätte sich ein Ast bewegt.

Als sie dorthin starrte, erblickte sie eine bräunliche Hand. Es konnte natürlich keine wirkliche Hand sein, sagte sie sich, aber so sah es aus: kleine, schwielige Finger, die nicht länger waren als ihre eigenen. Sie nahm all ihren Mut zusammen und berührte das Ding mit dem Fuß. Die Hand griff nach ihren Zehen. Schreiend und zappelnd verlor sie das Gleichgewicht und purzelte durch die unteren Zweige auf den mit Blättern bedeckten Boden. Mit ihr war ein kleines lachendes Wesen heruntergefallen, nicht größer als sie selbst. »Ich hab dich wohl erschreckt«, sagte es.

Arrietty starrte ihn heftig atmend an. Er hatte ein braunes Gesicht, schwarze Augen, strubbeliges dunkles Haar und trug etwas, das sie für ein abgewetztes Maulwurfsfell hielt, die glatte Seite nach außen. Er sah so schmutzig und erdbraun aus, dass er nicht nur den toten Blättern, sondern auch den schwarzen Zweigen ähnelte. »Wer bist du?«, fragte sie.

»Spiller«, sagte er fröhlich und stützte sich auf seine Ellenbogen.

»Du bist schmutzig«, bemerkte Arrietty nach einer Weile angewidert. Sie war immer noch außer Atem und sehr wütend.

»Kann sein«, sagte er.

»Wo wohnst du?«

Er kniff seine dunklen Augen zusammen und sah sie belustigt an. »Hier und da«, sagte er, während er sie musterte.

»Wie alt bist du?«

»Weiß ich nicht«, sagte er.

»Bist du ein Junge oder ein Erwachsener?«

»Weiß ich nicht«, sagte er.

»Wäschst du dich niemals?«

»Nein«, sagte er.

»Nun«, sagte Arrietty nach einer unangenehmen Pause und wickelte das raue Pferdehaar um ihr Handgelenk, »ich werde jetzt lieber gehen.«

»Zu diesem Loch in der Böschung?«, fragte er spöttisch.

Arrietty sah ihn überrascht an. »Kennst du es?« Wenn das Wesen lächelte, zogen sich die Ränder seines Mundes gerade nach oben, so dass sein Mund wie ein V aussah. Es war das schelmischste Lächeln, das sie je gesehen hatte.

»Habt ihr noch nie zuvor eine Motte gesehen?«, fragte er.

»Hast du uns gestern Abend etwa beobachtet?!«, rief Arrietty aus.

»War es denn privat?«, fragte er.

»Na, irgendwie schon. Es ist immerhin unser Zuhause.«

Das Wesen sah plötzlich gelangweilt aus, wandte seine strahlenden Augen von ihr ab und blickte über die Wiese. Arrietty öffnete den Mund, um etwas zu sagen, aber er brachte sie mit einer gebieterischen Geste zum Schweigen.

Neugierig beobachtete sie, wie er vorsichtig aufstand, sich dann mit einer einzigen Bewegung an einem Ast hinaufzog, nach etwas Unsichtbarem griff und wieder auf dem Boden landete. Dieses Etwas war ein Bogen. Er war mit Darm bespannt und fast so groß wie Spiller selbst. In der anderen Hand hielt er einen Pfeil.

Den Blick auf das lange Gras geheftet, legte er den Pfeil in den Bogen ein, der Darm erzitterte, und der Pfeil war fort. Man hörte ein schwaches Quieken.

»Du hast es getötet!«, rief Arrietty unglücklich.

»Das hatte ich auch vor«, erwiderte Spiller und sprang die Böschung hinunter in die Wiese. Er schlug sich durch das hohe Gras und kam nach einer Weile mit einer toten Feldmaus zurück, die an seiner Hand baumelte. »Man muss schließlich essen«, erklärte er.

Arrietty war zutiefst entsetzt, aber sie wusste nicht genau, warum. Zu Hause unter der Küche hatten sie immer Fleisch gegessen, aber nur geborgtes Fleisch von

der Küche im oberen Haus. Sie hatte oft rohes Fleisch gesehen, aber niemals, wie ein Tier getötet wurde.

»Wir sind *Vegetarier*«, sagte sie affektiert. Spiller hörte nicht hin, für ihn war es nur ein Wort, eines dieser Geräusche, die Leute mit dem Mund machten. »Willst du ein bisschen Fleisch?«, fragte er sie gleichgültig. »Du kannst eine Keule haben.«

»Ich würde es noch nicht einmal anfassen!«, rief Arrietty aufgebracht. Sie stand auf und klopfte ihren Rock ab. »Armes Ding«, sagte sie zu der Feldmaus. »Und dich finde ich schrecklich«, sagte sie zu ihm.

»Wer ist das nicht?«, bemerkte Spiller und langte in die Zweige nach seinem Köcher.

»Lass mich mal sehen«, bat Arrietty plötzlich neugierig und kam zurück.

Spiller reichte ihr den Köcher. Sie sah, dass er aus dem Fingerstück eines Handschuhs hergestellt worden war, dem dicken Leder eines Gartenhandschuhs. Die Pfeile bestanden aus trockenen Kiefernnadeln, die Spitzen waren Schwarzdorne.

»Wie machst du die Spitzen am Schaft fest?«, fragte sie.

»Wildpflaumenharz«, flötete Spiller in einem Wort.

»Wildpflaumenharz?«, wiederholte Arrietty. »Sind sie vergiftet?«, fragte sie.

»Nein«, sagte Spiller, »fair ist fair. Entweder man trifft sie, oder man trifft sie nicht. Sie müssen essen, ich muss essen. Und ich töte sie schneller als eine Eule. Außerdem esse ich nicht so viele.« Es war eine ziemlich lange Rede für Spiller. Er hängte sich den Köcher über die Schulter und wandte sich ab. »Ich gehe«, sagte er.

Arrietty kletterte schnell die Böschung hinab. »Ich auch.«

Sie gingen zusammen den trockenen Graben entlang. Spillers strahlende schwarze Augen standen niemals still, bemerkte Arrietty, als sie ihn einmal von der Seite ansah.

Manchmal, wenn es im Gras oder in der Hecke raschelte, stand er plötzlich bewegungslos da. Dabei spannte er keinen Muskel an, sondern hörte einfach auf, sich zu bewegen. Bei solchen Gelegenheiten verschmolz er nahezu mit der Umgebung. Einmal sprang er mitten in einen trockenen Farn und kam mit einem zappelnden Insekt wieder zum Vorschein.

»Bitte schön«, sagte er, und als Arrietty das Ding anstarrte, sah sie eine Art wütenden Käfer.

»Was ist das?«, fragte sie.

»Eine Grille. Sie sind nett. Nimm sie.«

»Zum Essen?«, fragte Arrietty entsetzt.

»Essen? Nein. Du nimmst sie mit nach Hause und

hältst sie dir als Haustier. Sie können prima singen«, fügte er hinzu.

Arrietty zögerte. »Du trägst sie«, sagte sie dann, um sich nicht zu blamieren. Als sie zur Höhle kamen, blickte Arrietty auf und sah, dass Homily, müde vom Warten, eingenickt war. Sie saß im sonnigen Sand und war gegen den Stiefel gesunken.

»Mutter!«, rief sie leise von unten herauf. Homily wachte sofort auf. »Das hier ist Spiller«, fuhr Arrietty etwas unsicher fort.

»Hier ist was?«, fragte Homily ohne Interesse. »Hast du das Pferdehaar?«

Arrietty blickte sich um und sah, dass Spiller unsichtbar geworden war.

»Es ist meine Mutter«, flüsterte sie. »Sprich mit ihr. Mach doch!«

Homily hörte ein Flüstern und spähte hinunter, wobei sie ihre Augen vor dem Licht der Abendsonne beschattete.

»Was soll ich denn sagen?«, fragte Spiller. Dann räusperte er sich und machte einen Versuch. »Ich habe eine Grille«, sagte er. Homily schrie. Sie brauchte eine Weile, um die dunklen Flecken zu einem Gesicht mit Augen und Händen zusammenzusetzen. Es war, als hätte das Gras zu ihr gesprochen.

»Was ist das?«, keuchte sie. »Oh, du meine Güte, was im Himmel hast du da mitgebracht?«

»Es ist eine Grille«, sagte Spiller wieder, aber Homily hatte nicht die Grille gemeint.

»Es ist Spiller«, wiederholte Arrietty etwas lauter, und zu Spiller flüsterte sie: »Lass dieses tote Ding fallen und komm mit nach oben.«

Spiller ließ nicht nur die Feldmaus fallen, die schwache Erinnerung an eine schon halbvergessene Erziehung musste in seinem Kopf aufgeflackert sein, denn er legte auch den Bogen zur Seite. Unbewaffnet stieg er die Böschung hoch.

Homily sah Spiller ziemlich unfreundlich an, als er die sandige Plattform vor dem Stiefel betrat. Sie ging auf ihn zu, bewahrte aber Abstand. »Guten Abend«, sagte sie kühl, als stünde sie in der Eingangstür eines großen Anwesens.

Spiller ließ die Grille fallen und drehte sie mit seinem Zeh in ihre Richtung. »Hier ist sie«, sagte er. Homily schrie wieder laut und wütend, als die Grille kniehoch an ihren Röcken vorbeirannte und auf die dunkleren Schatten hinter dem Stiefel zulief. »Es ist ein Geschenk, Mutter«, erklärte Arrietty unwillig. »Eine Grille. Sie kann singen.«

Aber Homily hörte nicht zu. »Wie kannst du es wagen!

Wie kannst du es wagen! Wie kannst du es wagen! Du ungezogener schmutziger, ungewaschener Junge!« Sie war den Tränen nahe. »Wie konntest du nur? Du verlässt sofort mein Haus! Dein Glück«, fuhr sie fort, »dass mein Mann nicht zu Hause ist, oder mein Bruder Hendreary.«

»Onkel Hendreary soll ...«, fing Arrietty überrascht an, und wenn Blicke töten könnten, wäre Arrietty tot umgefallen.

»Nimm deinen Käfer«, befahl Homily Spiller, »und geh! Und lass dich bloß nie wieder hier blicken!« Als Spiller zögerte, fügte sie wutentbrannt hinzu: »Hast du nicht gehört, was ich gesagt habe?«

Spiller schaute rasch zum Ende des Stiefels und warf Arrietty dann einen beinahe mitleidigen Blick zu. »Behaltet sie lieber«, murmelte er schroff und sprang die Böschung hinunter.

»Oh, Mutter!«, rief Arrietty vorwurfsvoll. Sie sah den Tisch, den ihre Mutter gedeckt hatte. Sogar die Tatsache, dass ihre Mutter die halben Hagebutten mit Kleehonig gefüllt hatte, konnte sie nicht besänftigen. »Armer Spiller! Du warst unfreundlich.«

»Nun, wer ist er denn? Was will er hier? Wo hast du ihn gefunden? So mit anständigen Leuten umzuspringen und Käfer in der Gegend herumzuwerfen! Es würde mich gar nicht wundern, wenn wir alle eines Morgens mit durchschnittener Kehle aufwachen würden. Hast du diesen Schmutz gesehen? Richtig eingewachsen! Ich würde mich nicht wundern, wenn er uns einen Floh hinterlassen hätte.« Sie griff nach dem Distelbesen und fegte mit wütenden Bewegungen die Stelle, wo der arme Spiller seinen unwillkommenen Fuß hingesetzt hatte. »So etwas habe ich noch nie erlebt. Niemals. In meinem Leben nicht. Das ist genau die Sorte«, schloss sie grimmig, »die Hutnadeln stehlen!«

Insgeheim dachte Arrietty das auch, aber sie sagte es nicht, sondern benutzte ihre Zunge stattdessen dazu, etwas Honig aus der Hagebutte zu lecken. Außerdem dachte sie, als sie den sonnenerwärmten Honig auf der Zunge zergehen ließ, dass Spiller, der Jäger, eine Hutnadel wahrscheinlich sinnvoller nutzen würde als ihre Mutter oder ihr Vater. Sie fragte sich nur, was er mit einer halben Nagelschere anfing. »Hast du schon etwas gegessen?«, fragte sie nach einer Weile.

»Ein paar Weizenkörner«, erwiderte Homily mit leidender Stimme. »Jetzt muss ich das Bettzeug lüften.«

Arrietty lächelte und blickte über die sonnige Wiese. Das Bettzeug bestand aus einer Socke. Ohne Hausarbeit hatte die arme Homily kaum noch etwas, worauf sie ihre Energien lenken konnte. Nun, jetzt war Spiller dagewesen, und es hatte ihr gutgetan: Ihre Augen blitzten, und ihre Wangen waren gerötet. Träge beobachtete Arrietty einen Vogel, der durch das Gras hüpfte. Nein, es war zu gleichmäßig für einen Vogel. »Papa kommt«, sagte sie nach einer Weile.

Sie liefen ihm entgegen. »Nun?«, rief Homily eifrig, aber als sie näher kam, las sie in seinem Gesicht schon die schlechten Neuigkeiten. »Hast du den Dachsbau nicht gefunden?«, fragte sie mit enttäuschter Stimme.

»Ich habe ihn gefunden«, sagte Pod düster.

»Was ist es dann? Warum siehst du so traurig aus? Du meinst, sie waren nicht da? Du meinst, sie sind fortgegangen?«

»Sie sind fortgegangen. Oder gefressen worden.« Pod blickte unglücklich vor sich hin.

»Was meinst du damit, Pod?«, stammelte Homily.

»Er ist voller Füchse«, erzählte er zögernd, und seine Augen waren immer noch vor Schreck geweitet. »Es riecht fürchterlich«, fügte er nach einer Weile hinzu.

Kapitel elf

AUS SCHADEN WIRD MAN KLUG
1638: Geburt von Ludwig XIV., König von Frankreich
Auszug aus Arriettys Tagebuch mit Sprichwörtern vom 5. September

Homily war an diesem Abend außer sich. Das war verständlich. Wie sollte es nun weitergehen? Sollten sie etwa den Rest ihres Lebens wie Robinson Crusoe verbringen? Dieses rohe Essen war im Sommer schon schlimm genug, aber in der klirrenden Kälte des Winters konnte sich damit niemand am Leben halten. Nicht, dass sie auch nur die kleinste Chance hätten, ohne eine Form von Heizung den Winter zu überleben. Die Kerze würde nicht ewig reichen. Genauso wenig die Streichhölzer. Und angenommen, sie wollten ein Feuer machen, für einen Borger bedeutete es eine ungeheure Anstrengung, es zu unterhalten. Und den Qualm, führte Homily an, könnte man meilenweit sehen. Nein, schloss sie grimmig, sie waren gefangen, und es gab keinen Ausweg, das würden auch Pod und

Arrietty feststellen, die Bedauernswerten, wenn der erste Frost käme.

Es war wahrscheinlich der Anblick von Spiller, der Homily so erschüttert und ihre schlimmsten Befürchtungen bestätigt hatte: roh, ungewaschen, verlogen und schlecht erzogen, wie er in ihren Augen war, verkörperte er all das, was sie zutiefst ablehnte und fürchtete. Und dahin (so hatte Homily Arrietty zu Hause immer gewarnt) würde es mit jedem Borger kommen, falls er sich jemals nach draußen wagte.

Zu allem Überfluss wurden sie in dieser Nacht von einem fremdartigen Geräusch geweckt, das Arrietty wie ein langgezogenes Brüllen vorkam. Zitternd lag sie mit angehaltenem Atem und pochendem Herzen da. »Was war das?«, fragte sie Pod flüsternd, als sie endlich wieder zu sprechen wagte. Der Stiefel knarrte, als Pod sich im Bett aufsetzte. »Es war ein Esel«, sagte er, »ganz in der Nähe.« Nach einer Weile fügte er hinzu: »Komisch, ich habe in dieser Gegend noch nie einen Esel gesehen.«

»Ich auch nicht«, flüsterte Arrietty. Aber sie fühlte sich irgendwie erleichtert und wollte sich gerade wieder hinlegen, als ein neues Geräusch an ihr Ohr drang. »Hör doch!«, sagte sie scharf und setzte sich auf.

»Man kann nicht die ganze Nacht wach liegen und

lauschen«, grummelte Pod, drehte sich um und zog einen großen Teil der Socke mit sich. »Nicht nachts.«

»Es ist hier in der Höhle«, flüsterte Arrietty.

»Sei doch ruhig, Pod«, grummelte Homily, die versuchte einzuschlafen.

»Sei selber ruhig«, sagte Pod und versuchte sich zu konzentrieren. Er hörte ein leises sirrendes, sehr regelmäßiges Geräusch. »Du hast recht«, flüsterte er Arrietty zu, »es ist in der Höhle.« Er warf den Socken zur Seite, und Homily griff wütend danach und zog ihn sich wieder über die Schultern. »Ich geh raus«, sagte er.

»Nein, Pod, bitte nicht!«, bat Homily heiser. »Wir sind doch hier sicher. Bleib ruhig ...«

»Nein, Homily, ich muss nachsehen.« Er tastete sich seinen Weg an der Knöchelseite des Stiefels entlang. »Bleibt ruhig, ihr beiden, ich bleibe nicht lange weg.«

»Oh, du meine Güte«, rief Homily mit ängstlicher Stimme. »Nimm wenigstens die Hutnadel mit«, bat sie nervös, als er die Schnürbänder löste. Arrietty sah, wie der Stiefel aufging und sich Kopf und Schultern ihres Vaters plötzlich gegen den Nachthimmel abhoben. Es gab ein Kratzen, ein Rascheln und ein Schlittern, dann hörte man Pods Stimme rufen: »Raus mit euch! Raus mit euch! Raus mit euch!« Dann war es still.

Arrietty kroch zur Öffnung und steckte ihren Kopf

hinaus. Die Höhle war vom hellen Mondlicht erfüllt, und alle Einzelheiten gut zu erkennen. Arrietty trat hinaus und sah sich um. Ein silbriger Pod stand im Eingang der Höhle und schaute hinunter auf die mondbeschienene Wiese.

»Was war das?«, rief Homily aus der Tiefe des Stiefels.

»Das waren die verdammten Feldmäuse«, rief Pod, »die sich am Korn zu schaffen gemacht haben!«

Und Arrietty sah in dem bleichen, freundlichen Licht, dass der Boden der Höhle mit leeren Spelzen bestreut war.

»Nun, das war's«, sagte Pod, drehte sich um und stieß mit dem Fuß gegen die Spelzen. »Hol lieber die Distel«, fügte er hinzu, »und feg den Kram zusammen.«

Arrietty gehorchte. Sie tanzte beinahe. Sie fühlte sich wie verzaubert durch das warme Licht, das sogar auf die alltäglichsten Dinge einen unbekannten Zauber legte, auf Pods Klöppel, der an seinem Nagel hing, und auf die weiße Naht des Stiefels. Als sie drei ordentliche Haufen zusammengefegt hatte, gesellte sie sich zu Pod an den Eingang der Höhle, und gemeinsam saßen sie eine Weile ruhig auf dem warmen Sand und lauschten in die Nacht.

Eine Eule rief aus dem Gehölz, es war ein flötenartiger Ton, der aus weiter Ferne mit einem ebenso geisterhaften, aber höheren Ton beantwortet wurde. Die Klänge schwebten hin und her über das schlafende Land und verbanden das Meer aus Mondlicht mit den samtenen Schatten des Waldes.

Wie groß die Gefahr auch ist, dachte Arrietty, als sie friedlich neben ihrem Vater saß, »wie viele Schwierigkeiten wir auch haben werden, ich bin trotzdem glücklich, dass wir hierhergekommen sind!«

»Was wir in diesem Fall brauchen«, sagte Pod schließlich und durchbrach die lange Stille, »ist eine Art Dose.«

»Eine Dose?«, wiederholte Arrietty, unsicher, ob sie ihn richtig verstanden hatte.

»Oder ein paar Dosen. Eine Kakaodose würde gehen. Oder einer von diesen Tabaksbehältern.« Er schwieg eine Weile, dann fügte er hinzu: »Die Grube, die wir gegraben haben, war nicht tief genug. Ich wette, diese miesen Feldmäuse haben unsere Nüsse auch schon entdeckt.«

»Könntest du nicht lernen, mit Pfeil und Bogen zu schießen?«, fragte Arrietty nach einer Weile.

»Wozu das denn?«, fragte Pod.

Arrietty zögerte, aber dann erzählte sie ihm in einem Atemzug alles von Spiller. Von dem elastischen Bogen und den mit Dornen bewehrten tödlichen Pfeilen. Und sie beschrieb, wie Spiller sie aus der Dunkelheit heraus beobachtet hatte, als sie ihr Schauspiel mit der Motte auf der mondbeschienenen Bühne ihrer Höhle gegeben hatten.

»Das gefällt mir nicht«, sagte Pod, nachdem er eine Weile nachgedacht hatte. »Wenn einem die Nachbarn zugucken, das gefällt mir nicht. Das geht nicht, weißt du? Nicht nachts und auch nicht bei Tag, das ist nicht gut, wenn du verstehst, was ich meine.«

Arrietty verstand, was er meinte: »Wir brauchen irgendeine Art Fensterladen oder Tür. Ein Stück Kaninchendraht wäre gut. Oder so eine Käsereibe vielleicht, wie wir sie zu Hause hatten. Es müsste etwas sein, das das Licht hereinlässt, meine ich«, fuhr sie fort. »Wir können schließlich nicht wieder im Dunkeln leben.«

»Ich habe eine Idee«, sagte Pod plötzlich. Er stand auf und sah hinauf in die überhängenden Zweige. Der schlanke Schössling hing silbern vom Mondlicht über ihre Böschung. Pod starrte einen Moment in die Blätter, die sich gegen den Himmel abhoben, als kalkuliere er die Entfernung. Dann sah er zu Boden und stöberte mit den Füßen im Sand.

»Was ist?«, fragte Arrietty, die dachte, er hätte etwas verloren.

»Aha«, sagte Pod befriedigt und kniete sich hin, »das würde gehen.« Er wühlte mit seinen Händen im Sand und deckte nach einer Weile eine schlangenartige feste Wurzel auf. Sie schien endlos. »Ja«, wiederholte er, »das würde gutgehen.«

»Wofür?«, fragte Arrietty furchtbar neugierig.

»Hol mir den Zwirn«, sagte Pod. »Da, von dem Regal, wo die Werkzeuge liegen.«

Arrietty stellte sich auf die Zehenspitzen, tastete mit ihrer Hand im sandigen Winkel und fand das Zwirnknäuel.

»Gib es her«, sagte Pod, »und bring mir den Klöppel.«

Arrietty beobachtete ihren Vater, wie er ein Stück Zwirn am Klöppel befestigte. Dann balancierte er schwankend am Rand ihrer Behausung entlang, visierte sein Ziel an und schwang den Klöppel mit einer ungeheuren Anstrengung hoch in die Zweige über ihnen. Er verhakte sich wie ein Anker im Geflecht der Zweige.

»Jetzt komm«, sagte Pod ruhig atmend zu Arrietty, »fass mit an und zieh. Vorsichtig, ganz langsam. Vorsichtig, vorsichtig.« Mit ihrem ganzen Gewicht zogen sie an dem Zwirn und bogen auf diese Weise langsam den Zweig herunter. Die Höhle wurde plötzlich dunkel, das gefilterte Mondlicht schien nur noch schwach herein.

»Halt fest«, keuchte Pod und zog den Zwirn zu der Wurzel hinüber, »während ich ihn festbinde.« Er keuchte vor Anstrengung. »So«, sagte er, stand auf und rieb sich den Staub von den Händen. Arrietty bemerkte, dass er von oben bis unten mit silbrigen Flecken bedeckt war. »Jetzt gib mir die Nagelschere. Ach, verdammt, ich hab's vergessen, aber das Sägeblatt tut's auch.«

Es war schwierig, das Sägeblatt in der plötzlichen Dunkelheit zu finden, aber schließlich hatte sie es, und Pod durchschnitt das Tau. »So«, sagte er noch einmal befriedigt. »Jetzt ist er fest, und wir sind geschützt. Was hältst du davon? Man kann den Ast runterziehen oder wieder nach oben lassen, je nach Wind oder Wetter oder was auch immer.«

Er löste den Klöppel und machte den Zwirn am dicksten Ast fest. »Es wird zwar nicht die Feldmäuse und solch Viehzeug abhalten, aber«, er lachte zufrieden, »zumindest können wir nicht mehr beobachtet werden.«

»Es ist wundervoll«, sagte Arrietty und steckte ihr Gesicht zwischen die Blätter, »und wir können immer noch hinaussehen.«

»Das war die Idee dabei«, sagte Pod. »Komm jetzt, es ist Zeit, ins Bett zu gehen.«

Als sie sich zum Eingang des Stiefels tasteten, trat Pod gegen einen Haufen Spelzen und stolperte hustend mitten in die staubige Streu. Als er aufstand und sich

abklopfte, sagte er nachdenklich: »Spiller, so heißt er doch, nicht?« Er sagte eine Weile nichts, dann fügte er hinzu: »Wenn man darüber nachdenkt, dann gibt es Schlimmeres als einen dampfendheißen schmackhaften Eintopf mit Feldmäusen, die mit Weizenkörnern gemästet wurden.«

Kapitel zwölf

AUS DEN AUGEN, AUS DEM SINN
1870: H. M. S. »Captain« gesunken
Auszug aus Arriettys Tagebuch mit Sprichwörtern vom 7. September

Homily wachte am nächsten Morgen beunruhigt auf. »Was ist denn das?«, grummelte sie missbilligend, als sie mit zerzausten Haaren aus dem Stiefel kroch und sah, dass ihre Höhle mit einem grünlichen Unterwasserlicht erfüllt war.

»Oh, Mutter«, rief Arrietty vorwurfsvoll, »es ist doch wunderschön!« Eine sanfte Brise brachte Bewegung in den dichten Blättervorhang, durch den leuchtende Speere und Pfeile aus tanzendem Licht drangen. Eine wundervolle Mischung aus Zauber und Freude, so erschien es Arrietty. »Siehst du nicht«, fuhr sie fort, als sein Erfinder sich verletzt in Schweigen hüllte, »Papa hat es gemacht. Es bietet Schutz, es lässt das Licht rein, aber hält den Regen draußen. Und wir können raussehen, aber sie können nicht reingucken.«

»Wer ist ›sie‹?«, fragte Homily.

»Alle, jeder, der vorbeikommt. Spiller«, fügte sie geistesgegenwärtig hinzu.

Homily gab nach. »Hmmmm«, geruhte sie in unbestimmtem Ton zu sagen, aber sie untersuchte die aufgedeckte Wurzel im Boden, sah sich den Seemannsknoten an und ließ nachdenklich einen Finger über den gespannten Zwirn gleiten.

»Woran man denken muss«, erklärte Pod ernst, als er ihre verspätete Zustimmung bemerkte, »ist folgendes: Wenn man den Ast loslässt, dann muss man unbedingt das Tau festhalten. Es darf sich nicht ganz von der Wurzel lösen. Verstehst du, was ich meine?«

Homily verstand. »Aber man sollte das Sonnenlicht nicht aussperren«, fügte sie hinzu, »nicht, solange noch Sommer ist. Bald wird es …« Sie schüttelte sich und presste ihre Lippen aufeinander, unfähig, das Wort auszusprechen.

»Nun, noch ist der Winter nicht da«, rief Pod fröhlich aus. »Und jeder Tag hat seine Plage, wie man so schön sagt.« Er fummelte an der Vertäuung herum. »Auf geht's!«, rief er, und als der Zwirn sich quietschend um die Wurzel drehte, flogen die Blätter aus ihrem Blickfeld, und die Höhle erstrahlte plötzlich im Sonnenlicht.

»Seht ihr, was ich meine?«, fragte Pod zufrieden.

Während des Frühstücks schrie der Esel wieder laut und lange und erhielt sofort Antwort durch das Wiehern eines Pferdes.

»Ich mag das nicht«, sagte Homily plötzlich und setzte ihre Nussschale mit Honigwasser ab. Doch noch während sie sprach, bellte ein Hund, viel zu nah, um beruhigend zu klingen. Homily fuhr zusammen, und das Honigwasser ergoss sich über den Sandboden. »Meine Nerven sind vollkommen ruiniert«, jammerte Homily, presste ihre Hände gegen die Schläfen und blickte mit wilden Augen hin und her.

»Es ist nichts, Mutter«, erklärte Arrietty gereizt. »Es gibt einen Weg hinter dem Gehölz. Ich hab ihn von der Hecke aus gesehen. Es sind Leute, die vorbeigehen, das ist alles. Sie müssen nun mal gelegentlich vorbei.«

»Das ist richtig«, stimmte Pod zu, »du brauchst dich nicht zu beunruhigen. Iss dein Korn auf.«

Homily blickte angewidert auf das angebissene Korn, das so hart und trocken war wie drei Tage alte Brötchen nach einem Picknick. »Meine Zähne schaffen das nicht«, sagte sie unglücklich.

»Nach dem, was Arrietty sagt«, erklärte Pod und hielt seine linke Hand hoch, wobei er die Finger zum Zählen einzeln abspreizte, »liegen zwischen uns und diesem Weg fünf Hindernisse: der Bach an der Ecke –

eins. Diese Holzpfähle mit dem rostigen Draht auf der anderen Seite des Baches – zwei. Ein ziemlich großer Wald – drei. Noch eine Hecke – vier. Und eine Grasfläche – fünf.« Er wandte sich Arrietty zu. »Stimmt das, meine Kleine? Du bist doch in der Hecke gewesen.«

Arrietty nickte. »Aber die Weidefläche gehört zum Weg, sie ist eine Art Begrenzung.«

»Na, siehst du!«, rief Pod triumphierend und schlug Homily auf den Rücken. »Das ist Gemeindeland! Und irgendjemand hat einen Esel dort angebunden. Was ist schlimm daran? Esel fressen einen nicht und Pferde auch nicht.«

»Aber Hunde«, sagte Homily. »Und ich habe einen Hund gehört.«

»Und was ist mit ihm?«, rief Pod. »Es war nicht das erste Mal, und es wird auch nicht das letzte Mal sein. Als ich ein Junge war, unten im großen Haus, war der ganze Ort geradezu mit Settern übervölkert. Hunde sind in Ordnung: Man kann mit ihnen reden.«

Homily war eine Weile still und rollte das Weizenkorn auf dem flachen Schieferstück, das ihnen als Tisch diente, hin und her. »Es hat keinen Zweck«, sagte sie schließlich.

»Was hat keinen Zweck?«, fragte Pod erschrocken.

»So weiterzumachen«, sagte Homily. »Wir müssen etwas unternehmen, bevor es Winter wird.«

»Nun, wir unternehmen doch etwas, oder nicht?«, sagte Pod. Er nickte Arrietty zu. »Aber wie es auch in ihrem Buch steht: Rom wurde nicht an einem Tag erbaut.«

»Wir müssen irgendeine menschliche Behausung finden«, fuhr Homily fort, »das müssen wir. Wo es Feuer gibt und etwas zu borgen und ein vernünftiges Versteck.« Sie zögerte. »Oder«, fuhr sie mit fester Stimme fort, »wir gehen zurück nach Hause.«

Es herrschte betroffene Stille. »Wir tun was?«, fragte Pod schwach, als er seine Sprache wiedergefunden hatte. Und Arrietty hauchte entsetzt: »Oh, Mutter …«

»Du hast mich verstanden, Pod«, sagte Homily. »All diese Hagebutten, Mehlbeeren und Wasserkresse und bellenden Hunde und Füchse in Dachshöhlen und das Gekrieche in der Nacht und die Stehlereien und der Regen und keine Möglichkeit zum Kochen. Verstehst du, was ich meine? Zu Hause im großen Haus hätten wir in null Komma nichts ein paar Wände hochgezogen und uns unter der Küche wieder eingerichtet. Wir haben es schon einmal getan, als der Boiler geplatzt ist. Wir könnten es wieder tun.«

Pod blickte zu ihr hinüber, und als er sprach, tat er es

mit feierlichem Ernst: »Du weißt nicht, was du da sagst, Homily. Nicht nur, dass sie auf uns warten und dass sie die Katze haben und Fallen und Gift und all den Schabernack. Man kehrt einfach nicht *zurück*, Homily, wenn man einmal entkommen ist. Und wir *haben* kein Zuhause mehr. Das ist ein für alle Mal vorbei. Ob es dir gefällt oder nicht, wir müssen weitermachen. Verstehst du, was ich meine?« Als Homily nicht antwortete, wandte er sein ernstes Gesicht Arrietty zu.

»Ich behaupte nicht, dass wir nicht in Schwierigkeiten stecken. Wir stecken in großen Schwierigkeiten. Tiefer, als mir lieb ist. Und wenn wir nicht zusammenhalten, ist es aus mit uns, versteht ihr? Und es wäre das Ende, wie du einmal gesagt hast, Arrietty, das Ende unserer Art! Ich möchte kein Wort mehr davon hören, weder von dir noch von deiner Mutter«, feierlich hob er seine Stimme und betonte jedes Wort, »dass wir irgendwohin zurückgehen, schon gar nicht zurück unter den Fußboden!«

Sie waren sehr beeindruckt. Unfähig zu sprechen starrten ihn beide an.

»Verstanden?«, fragte Pod streng.

»Ja, Papa«, flüsterte Arrietty, und Homily nickte schluckend.

»Das ist gut«, sagte Pod etwas freundlicher. »Wie es in

deinem Buch steht, Arrietty: ›Dem Weisen ist ein Wort genug‹.«

»Jetzt bring mir das Pferdehaar«, fuhr er etwas freundlicher fort. »Es ist ein schöner Tag. Und während ihr zwei das Frühstück wegräumt, fange ich mit dem Fischernetz an. Wie wäre das?« Homily nickte wieder. Sie fragte ihn noch nicht einmal (was sie sonst sofort getan hätte), wie sie den Fisch seiner Meinung nach kochen sollten. »Es gibt hier eine Menge trockener Rinde«, sagte Pod. »Die kann man gut als Schwimmer benutzen.«

Pod konnte zwar gute Knoten machen, aber er hatte einige Schwierigkeiten mit den Pferdehaaren. Sie waren schlüpfrig und glitten immer wieder aus dem Nadelöhr. Als die Hausarbeit getan war und Arrietty sich mit zwei Borgetaschen auf den Weg zum Bach gemacht hatte (die eingewachste für Wasser und die andere für Rinde), kam Homily Pod zu Hilfe. Gemeinsam fertigten sie ein dichtes Netz nach dem Muster von Spinnennetzen, wobei sie von Homilys Fingerfertigkeit profitierten.

»Was ist mit diesem Spiller?«, fragte Pod nach einer Weile, als er neben Homily saß und ihren Fingern zusah.

Homily schnaubte und fummelte an einem Knoten herum. »Lass mich bloß mit dem in Frieden!«, sagte sie.

»Ist er ein Borger, oder was?«, fragte Pod.

»Ich weiß nicht, was er ist!«, rief Homily. »Und es interessiert mich auch nicht. Er hat einen Käfer nach mir geworfen, das ist alles, was ich weiß. Und er hat die Hutnadel und unsere Nagelschere gestohlen.«

»Weißt du das sicher?«, fragte Pod mit leicht erhobener Stimme.

»So sicher, wie ich hier sitze«, sagte Homily. »Du hast ihn ja nicht gesehen.«

Pod war eine Weile still. »Ich würde ihn gern mal treffen«, sagte er dann und blickte über die sonnige Wiese.

Das Netz wuchs, und die Zeit verging wie im Flug. Einmal, als sie jeder an einem Ende des Netzes anfassten und es zur Begutachtung hochhoben, flog ein Grashüpfer wie eine Gewehrkugel von der Böschung mitten in das Gewebe. Und erst nachdem sie das zappelnde Wesen behutsam aus dem Netz befreit hatten, dachte Homily ans Mittagessen.

»Oh, du meine Güte!«, rief sie und blickte über das Feld. »Sieh dir die Schatten an! Es ist schon nach zwei Uhr. Was mag nur Arrietty zugestoßen sein?«

»Sie spielt sicher am Wasser«, sagte Pod.

»Hast du ihr nicht gesagt, dass sie nicht herumtrödeln soll?«

»Sie weiß gar nicht, wie man trödelt«, sagte Pod.

»Da irrst du dich, Pod. Man muss es ihr jedes Mal wieder sagen!«

»Sie wird jetzt bald vierzehn«, sagte Pod.

»Ganz egal«, sagte Homily und stand auf. »Sie ist noch jung für ihr Alter. Man muss es ihr immer sagen, sonst findet sie irgendwelche Ausreden.«

Homily faltete das Netz zusammen, klopfte sich den Staub ab und ging geschäftig durch die Höhle zu dem Regal über dem Werkzeug.

»Hunger, Pod?« (Es war eine rhetorische Frage: Sie hatten immer Hunger, alle, zu jeder Stunde des Tages – sogar nach den Mahlzeiten.)

»Was gibt es denn?«, fragte er.

»Ein paar Mehlbeeren, Nüsse und einige faule Brombeeren.«

Pod seufzte. »Na gut«, sagte er.

»Aber was von dem?«, fragte Homily.

»Nüsse machen besser satt«, sagte Pod.

»Was soll ich denn machen, Pod?«, fragte Homily unglücklich. »Was hältst du davon, wenn du uns ein paar Walderdbeeren pflücken würdest?«

»Das ist eine gute Idee«, sagte Pod und machte sich auf den Weg zur Böschung.

»Aber du musst ein bisschen suchen«, sagte ihm Homily. »Es sind nicht mehr viele. Da war irgendwer.

Vögel vielleicht. Oder«, fügte sie verbittert hinzu, »wahrscheinlich dieser Spiller.«

»Hör doch!«, rief Pod und streckte warnend eine Hand aus. Er stand bewegungslos im Eingang ihrer Höhle und spähte angestrengt nach links.

»Was war das?«, flüsterte Homily nach einer Weile.

»Stimmen«, sagte Pod.

»Was für Stimmen?«

»Menschenstimmen«, sagte Pod.

»Oh, du meine …«, flüsterte Homily unter Tränen.

»Still«, sagte Pod.

Sie standen bewegungslos da und spitzten die Ohren. Man hörte das schwache Summen der Insekten unten im Gras und das Brummen einer Fliege, die sich in die Höhle verirrt hatte. Sie flog im Zickzack zwischen ihnen hin und her und ließ sich endlich gierig auf dem Sandboden nieder, wo Homily den Honig verschüttet hatte. Dann hörten sie plötzlich in beunruhigender Nähe ein anderes Geräusch. Ein Geräusch, das ihnen die Farbe aus dem Gesicht trieb und ihre Herzen mit Furcht erfüllte, obwohl es eigentlich ein fröhlicher Laut war: ein menschliches Lachen.

Pod und Homily bewegten sich nicht. Wie versteinert standen sie da und lauschten blass und angespannt. Eine Weile war alles still. Dann, näher jetzt, fluchte ein

Mann, ein kurzes scharfes Wort, und gleich darauf hörten sie einen Hund bellen.

Pod bückte sich. Mit einer Drehung seines Handgelenks löste er das Tau, und langsam, eine Hand über der anderen, holte er den federnden Ast heran. Diesmal zog er ihn besonders fest und dicht, bis der Eingang ihrer Höhle mit einem dichten Netz aus Zweigen verdeckt war.

»So«, keuchte er außer Atem, »das dürfte schwierig werden.«

Homily, erschreckt von dem grünlichen Dämmerlicht, konnte sich keinen Reim auf seine Worte machen, aber irgendwie spürte sie seine Ruhe. »Wird es auch echt aussehen?«, fragte sie ruhig, um sich seinem Ton anzupassen.

»Sollte gehen«, sagte Pod. Er ging zu dem Blättervorhang und spähte hindurch. Mit ruhiger Hand und sicherem Griff prüfte er den Sitz der Zweige. »Und nun«, sagte er, als er zurücktrat und tief Luft holte, »gib mir die andere Hutnadel.«

Dann geschah wieder etwas Merkwürdiges. Pod streckte seine Hand aus, und sogleich fühlte er die Hutnadel. Aber sie war zu leise und zu prompt in seine Hand gelegt worden, als dass es Homily hätte gewesen sein können.

Ein schattenhafter Dritter teilte die dämmrige Höhle mit ihnen, ein unsichtbares, lautloses Wesen mit dunkelbrauner Haut.

Und die Hutnadel war genau die, die ihnen abhandengekommen war.

»Spiller!«, keuchte Homily heiser.

Kapitel dreizehn

ESSEN IST GUT, MANIEREN SIND BESSER
1752: Die gregorianische Zeitrechnung wird in England eingeführt
Auszug aus Arriettys Tagebuch mit Sprichwörtern vom 11. September

Er musste mit dem sinkenden Blättervorhang hereingeglitten sein, ein Schatten unter Schatten. Jetzt konnte Homily den helleren Fleck seines Gesichts erkennen, die struppigen Haare und zwei Borgetaschen, die er in seiner Hand hielt: die eine war leer und die andere voll. Und die Taschen, stellte Homily mit schwindender Hoffnung fest, waren dieselben Taschen, die sie Arrietty an diesem Morgen mitgegeben hatte.

»Was hast du mit ihr gemacht?«, schrie Homily außer sich. »Was hast du mit Arrietty gemacht?«

Spiller drehte seinen Kopf ruckartig zum Ende der Höhle. »Sie kommt über die Wiese«, sagte er mit ausdruckslosem Gesicht. »Ich hab sie auf den Bach gesetzt«, fügte er gleichmütig hinzu. Homily richtete einen wilden Blick auf das Ende der Höhle, als könne sie durch die

Sandwände auf die darunterliegende Wiese sehen: Es war die Wiese, über die sie am Tag ihrer Flucht gelaufen waren.

»Du hast was?«, rief Pod.

»Sie auf den Bach gesetzt«, sagte Spiller. »In einer halben Seifendose«, erklärte er gereizt, als wäre Pod schwer von Begriff.

Pod öffnete seinen Mund, um zu antworten, doch er blieb still: Ein Geräusch von laufenden Schritten war im Graben zu hören. Als sie an ihrer Höhle vorbeidonnerten, schien die ganze Böschung zu erzittern, und der Klöppel fiel vom Haken. Sie hörten das gleichmäßige Keuchen von Menschen und das Hecheln eines Hundes.

»Es ist alles in Ordnung«, sagte Spiller nach einer angespannten Pause. »Sie sind nach links abgebogen und über die Wiese. Zigeuner«, fügte er kurz hinzu, »auf Kaninchenjagd.«

»Zigeuner?«, echote Pod wie betäubt und trocknete sich mit seinem Ärmel die Stirn.

»Genau«, sagte Spiller, »unten an der Landstraße. Sie wohnen in Wohnwagen.«

»Zigeuner …«, keuchte Homily mit blankem Entsetzen, und eine Weile stand sie mit geöffnetem Mund wortlos da.

»Es ist alles in Ordnung«, sagte Spiller, der ebenfalls lauschte, »sie sind weg. Am Kornfeld entlang.«

»Und was war das jetzt mit Arrietty?«, stammelte Pod.

»Hab ich doch schon gesagt«, sagte Spiller.

»Irgendwas mit einer Seifenschale?«

»Geht es ihr gut?«, unterbrach Homily. »Ist sie sicher? Sag uns das!«

»Sie ist sicher«, sagte Spiller. »Das habe ich doch schon gesagt. Und es ist eine Seifendose, keine Seifenschale«, verbesserte er und sah sich interessiert in der Höhle um. »Ich hab auch mal in diesem Stiefel hier geschlafen«, bemerkte er und nickte mit dem Kopf.

Homily unterdrückte ein Schütteln. »Lass das jetzt«, sagte sie, um das Thema schnell zu wechseln. »Erzähl uns weiter von Arrietty. Von dieser Seifenschale oder -dose oder was immer es ist. Erzähl uns genau, was passiert ist.«

Es war schwierig, die Geschichte aus Spillers bruchstückhaften Äußerungen zusammenzusetzen, aber schließlich kamen sie dahinter. Spiller, so schien es, besaß ein Boot, nämlich die untere Hälfte einer Seifendose aus leicht verbeultem Aluminium. In dieser Dose reiste er aufrecht stehend den Fluss hinauf und hinunter. Spiller besaß ein Sommerhaus (oder Jagdhütte) auf der Wiese: Es war ein alter geschwärzter Teekessel, der am Ufer des Baches feststeckte (er hatte mehrere dieser Behausungen, wie es schien, von denen der Stiefel eine gewesen war), und er borgte sich Dinge von den Wohnwagen und transportierte seine Beute auf dem Wasser. Das Boot ermöglichte ihm die schnelle Flucht und hinterließ keine Spuren. Den Bach hinauf ging es langsamer, erklärte Spiller, und deshalb war er dankbar für die Hutnadel, die er nicht nur als einen scharfen und biegsamen Staken, sondern auch als Harpune benutzen konnte. Er sprach so begeistert von der Hutnadel, dass Homily und Pod sich sehr geschmeichelt fühlten, als hätten sie ihm diese aus lauter Gutmütigkeit überlassen. Pod hätte Spiller gerne gefragt, was er mit der halben Nagelschere machte, aber er konnte sich nicht überwinden, aus Angst, er könne einen Missklang in diese unschuldige Freude bringen.

An diesem Nachmittag hatte Spiller zwei Zuckerstücke, etwas Tee, drei Lockenwickler und einen dieser glatten goldenen Ohrringe über den Bach transportiert, an der Stelle, an der dieser sich wie ein Teich in ihre Wiese erstreckte. Dort, erzählte er ihnen, hatte er Arrietty am Ufer gesehen, die barfuß im warmen Schlamm irgendein Spiel spielte. Sie hatte einen langen Binsenhalm in der Hand und pirschte sich an die Frösche heran. Sie stahl sich hinter ihr Opfer, das unschuldig in der Sonne saß, und wenn sie dicht genug herangekommen war, tickte sie dem dösenden Tier leicht mit dem Halm auf den Rücken. Dann gab es ein Quaken, Plumpsen und Klatschen, und Arrietty hatte gewonnen. Manchmal wurde sie allerdings schon vorher bemerkt, dann hatte natürlich der Frosch gewonnen. Sie forderte Spiller auf, mit ihr zu spielen, und hatte überhaupt keine Ahnung, sagte er, dass ihr noch jemand sehr interessiert zusah: der Zigeunerhund, ein Windhundmischling, der sie mit gierigen Augen vom Waldrand her anstarrte. Ebenso wenig, fügte er hinzu, hatte sie das Knacken im Gehölz gehört, das seine Herren ankündigte.

Es schien, dass Spiller gerade noch Zeit gehabt hatte, ans Ufer zu springen, Arrietty in die flache Seifendose zu stoßen und sie mit ein paar hastig vorgebrachten Richtungsangaben über den Standort des Teekessels flussabwärts zu stoßen.

»Aber wird sie ihn auch finden?«, keuchte Homily. »Ich meine, den Kessel?«

»Sie kann ihn nicht verfehlen«, sagte Spiller und erklärte ihnen, dass die sanfte Strömung des Baches genau Kurs auf die Tülle nahm und dass die Seifendose dort immer steckenblieb. »Alles, was sie tun muss«, erklärte er, »ist, die Dose festzumachen, die Fracht herauszuholen und hierher zurückzukommen.«

»An der Gasleitung entlang?«, fragte Pod. Überrascht warf Spiller ihm einen Blick zu, einen klugen, aber irgendwie verschlossenen Blick. »Das könnte sie tun«, sagte er kurz.

»Eine halbe Seifendose«, murmelte Homily verwundert und versuchte, sich das Bild vorzustellen. »Hoffentlich geht das gut.«

»Es wird schon gutgehen«, sagte Spiller, »und auf dem Wasser hinterlässt sie keine Fährte.«

»Warum bist du nicht mitgefahren«, fragte Pod, »und dann mit ihr zusammen zurückgegangen?«

Spiller fühlte sich sichtlich unbehaglich. Er rieb seine dunkle Hand an seiner Maulwurfsfellhose, zog die Stirn in Falten und blickte an die Decke.

»Für zwei ist kein Platz«, sagte er schließlich, »jedenfalls nicht mit Fracht.«

»Du hättest die Fracht ausladen können«, sagte Pod.

Spillers Stirn legte sich noch mehr in Falten, ganz so als langweile ihn das Thema. »Vielleicht«, sagte er.

»Ich meine«, fügte Pod an, »schließlich warst du in offenem Gelände, nicht wahr? Du bist sozusagen schutzlos zurückgeblieben. Was ist dagegen schon ein bisschen Fracht?«

»Ja«, sagte Spiller und fügte entschuldigend hinzu:

»Das Boot ist flach, ihr kennt es nicht, es ist nicht groß genug für zwei.«

»O Pod!«, rief Homily plötzlich gerührt.

»Was ist denn?«, fragte Pod.

»Dieser Junge«, fuhr Homily fort, »dieser ... nun, auf jeden Fall: Hier steht er!« Und sie machte eine ausladende Armbewegung in Spillers Richtung.

Pod blickte Spiller an. Ja, in der Tat, da stand er, sehr verwundert und unbeschreiblich schmuddelig.

»Er hat ihr das Leben gerettet«, fuhr Homily heiser vor Dankbarkeit fort, »und sein eigenes für sie geopfert!«

»Er hat es nicht geopfert«, sagte Pod nach einer Weile und betrachtete Spiller nachdenklich. »Ich meine, schließlich ist er hier, oder nicht?« Und nach weiterem Nachdenken stellte er sachlich fest: »Und sie nicht!«

»Sie wird kommen«, sagte Homily plötzlich überzeugt. »Du wirst sehen: Alles wird gut. Und er kann die Hutnadel gern behalten. Dieser Junge ist ein Held.« Plötzlich wieder sie selbst, wurde sie geschäftig. »Jetzt setzt du dich hierhin, Spiller«, drängte sie ihn gastfreundlich, »und ruhst dich aus. Es ist ein langer Weg vom Bach hierher. Was hättest du gern? Möchtest du eine schöne halbe Hagebutte, gefüllt mit irgendwas? Wir haben nicht viel«, erklärte sie mit nervösem Lachen, »wir sind Neuankömmlinge, weißt du.«

Spiller steckte seine schmutzige Hand in eine tiefe Tasche. »Ich habe das hier«, sagte er und zog ein ziemlich großes schweres Etwas heraus, das ein saftiges Geräusch machte, als es auf dem Tisch landete. Homily näherte sich. Neugierig beugte sie sich darüber. »Was ist das?«, fragte sie mit ehrfürchtiger Stimme. Aber schon während sie sprach, wusste sie es: Ein schwacher Wildgeruch stieg ihr in die Nase, wild, aber herrlich würzig, und für eine berauschende, herrliche Sekunde wurde sie beinahe ohnmächtig vor Heißhunger. Es war eine gebratene Keule von …

»Fleisch«, sagte Spiller.

»Was für Fleisch?«, fragte Pod. Auch er blickte mit glänzenden Augen auf den Tisch. Eine Diät aus Hagebutten und Mehlbeeren ließ einen zwar nicht versauern, aber sicherlich manches vermissen.

»Sag es mir nicht!«, protestierte Homily und presste ihre Hände an die Ohren. Als Pod und Spiller sich überrascht zu ihr umwandten, machte sie ein entschuldigendes Gesicht, aber fügte eifrig hinzu: »Lasst uns doch einfach essen, ja?«

Sie schnitten es mit der Rasierklinge in Scheiben und fielen darüber her. Spiller sah ihnen erstaunt zu: Regelmäßig mit Proteinen versorgt, verspürte er keinen großen Hunger. »Lasst etwas für Arrietty übrig«, sagte

Homily immer wieder, und von Zeit zu Zeit dachte sie an ihre Manieren und drängte Spiller, auch etwas zu essen.

Pod versuchte neugierig, sich an die Lösung heranzutasten. »Es ist zu groß für eine Feldmaus«, sagte er und kaute nachdenklich vor sich hin, »aber doch zu klein für ein Kaninchen. Ein Hermelin kann man nicht essen, es könnte ein Vogel sein.«

Und Homily rief mit gequälter Stimme: »Pod, bitte ...«, und wandte sich schüchtern an Spiller. »Alles, was *ich* wissen möchte, ist, wie Spiller es gekocht hat. Es ist einfach köstlich und genau richtig abgehangen.«

Aber Spiller ließ sich nicht aushorchen. »Es ist ganz einfach.« Das war alles, was er dazu sagte (und sehr zu Homilys Erstaunen; wie konnte es »ganz einfach« sein, hier draußen in der ofenlosen Wildnis, ohne Koks oder Kohle? Und abgesehen von ihrer verständlichen Dankbarkeit machte sie mehr und mehr Aufhebens von Spiller. Sie war jetzt davon überzeugt, dass sie ihn vom ersten Augenblick an gemocht hatte).

Arrietty erschien noch während des Festmahls. Sie wankte ein bisschen, als sie sich durch den dichten Blättervorhang kämpfte, schwankte auf ihren Füßen hin und her und setzte sich ziemlich plötzlich mitten auf den Fußboden.

Homily war sehr besorgt. »Was haben sie mit dir gemacht, Arrietty? Was ist los? Bist du krank?«

Arrietty schüttelte den Kopf. »Seekrank«, sagte sie schwach, »in meinem Kopf dreht sich alles.« Sie sah Spiller vorwurfsvoll an. »Du hast mich in den Bach gewirbelt«, sagte sie anklagend. »Das Ding hat sich gedreht und gedreht und gedreht und gedreht und ...«

»Das reicht jetzt, Arrietty«, unterbrach Homily, »sonst werden wir alle noch schwindelig. Spiller war sehr freundlich zu dir. Du solltest dankbar sein. Er hat sein Leben für dich hingegeben!«

»Er hat sein Leben nicht hingegeben«, erklärte Pod wieder leicht verärgert.

Aber Homily schenkte ihm keine Beachtung. »Und dann ist er mit den Borgetaschen hergekommen, um uns zu sagen, dass es dir gutgeht. Du solltest dich bei ihm bedanken.«

»Danke, Spiller«, sagte Arrietty höflich, aber etwas gezwungen, und blickte hoch.

»Jetzt steh brav auf«, sagte Homily, »und komm an den Tisch. Hast ja seit dem Frühstück nichts gegessen, das ist alles, was dir fehlt. Wir haben dir ein schönes Stück Fleisch übriggelassen.«

»Ein schönes Stück was?«, fragte Arrietty mit schwacher Stimme. Sie traute ihren Ohren nicht.

»Fleisch«, sagte Homily fest und sah sie dabei nicht an.

Arrietty sprang auf und kam zum Tisch herüber. Mit großen Augen blickte sie auf die ordentlich angeordneten braunen Scheiben. »Aber ich dachte, wir wären Vegetarier.« Nach einer Weile hob sie den Blick und sah Spiller an. Es war ein fragender Blick. »Ist das ...?«, begann sie unglücklich.

Spiller schüttelte schnell den Kopf. Es war ein klares Nein und zerstreute ihre Sorgen. »Wir fragen nicht danach«, sagte Homily scharf und presste ihre Lippen aufeinander. »Lasst es uns einfach ein Stück Fleisch nennen, das die Zigeuner gefangen haben, und lassen wir es dabei bewenden.«

Arrietty schien sich plötzlich vollkommen erholt zu haben. Sie zog ihr Kleid zurecht und gesellte sich zu ihnen an den flachen Tisch, vor dem sie wie bei einem Picknick auf dem Fußboden saßen. Langsam führte sie mit zwei Fingern eine Scheibe an ihren Mund und biss vorsichtig hinein. Dann schloss sie ihre Augen, und ein Schauer durchlief sie, so überwältigend war der Geschmack. »Haben die Zigeuner es gefangen?«, fragte sie ungläubig.

»Nein«, sagte Pod, »Spiller war es.«

»Das habe ich mir gedacht«, sagte Arrietty. »Danke, Spiller«, fügte sie hinzu. Und dieses Mal kam es von Herzen, voll echter Dankbarkeit.

Kapitel vierzehn

WER HOCH STEIGT, DER KANN TIEF FALLEN
1784: Erster Ballonflug in England
Auszug aus Arriettys Tagebuch mit Sprichwörtern vom 15. September

Von diesem Tag an änderten sich ihre Mahlzeiten – zum Besseren –, und dies, da war sich Arrietty sicher, hatte etwas mit der gestohlenen Nagelschere zu tun. Gestohlen? Ein hässlich klingendes Wort, das man im Zusammenhang mit einem Borger nur selten benutzte. »Aber wie soll man es sonst nennen?«, jammerte Homily, als sie eines Morgens am Eingang ihrer Höhle saß, während Pod ihren Schuh flickte. »Was soll man auch anderes von einem armen heimatlosen unwissenden Jungen erwarten, der, wie man so sagt, in der Gosse aufgewachsen ist.«

»Im Graben, meinst du«, warf Arrietty schläfrig ein, die weiter unten in der Böschung lag.

»Ich meine Gosse«, wiederholte Homily, aber sie sah etwas überrascht aus, denn sie hatte nicht gemerkt, dass Arrietty in der Nähe war. »Das ist eine Redensart. Nein«, fuhr sie fort und zog verschämt am Saum ihres Rockes, um ihren bestrumpften Fuß zu verbergen (sie hatte bemerkt, dass er ein kleines Loch am Zeh hatte), »man kann dem Jungen nichts vorwerfen. Ich meine, vor diesem Hintergrund, wie sollte er auch etwas von Ethik wissen?«

»Von was?«, fragte Pod. Homily, die arme unwissende Seele, benutzte gelegentlich Worte, die ihn in Erstaunen versetzten. Und was ihn noch mehr erstaunte: Manchmal kannte sie sogar deren Bedeutung.

»Ethik«, wiederholte Homily kühl und mit fester Überzeugung. »Du weißt doch, was Ethik ist, oder nicht?«

»Nein, weiß ich nicht«, gab Pod zu und nähte weiter an seinem Flicken. »Klingt für mich wie ein Zucken im Gesicht.«

»Das ist ein Tick«, sagte Homily.

»Oder«, fuhr Pod fort und glättete die saubere Naht mit angelecktem Daumen, »das Ding, das Pferde kriegen, wenn sie zu schnell trinken.«

»Es ist komisch«, grübelte Arrietty, »dass man nur eine haben kann.«

»Eine was?«, fragte Homily scharf.

»Eine Ethik«, sagte Arrietty.

»Das liegt daran«, sagte Homily schnippisch, »dass es

nur eine gibt. Und Spiller hat nie etwas davon gehört. Eines Tages«, fuhr sie fort, »werde ich mich mal ganz in Ruhe mit dem armen Jungen unterhalten.«

»Worüber?«, fragte Arrietty.

Homily ignorierte diese Frage. Sie hatte gerade ein ganz bestimmtes Gesicht aufgesetzt und verspürte keine Lust, es zu ändern. »›Spiller‹, werde ich sagen, ›du hattest keine Mutter ...‹«

»Woher willst du wissen, dass er keine Mutter hatte?«, fragte Pod. »Er muss eine gehabt haben«, fügte er sachlich hinzu, nachdem er eine Weile nachgedacht hatte.

»Ja«, warf Arrietty ein, »er hatte eine Mutter. Daher weiß er ja auch, wie er mit Nachnamen heißt.«

»Wieso?«, fragte Homily, plötzlich neugierig geworden.

»Weil seine Mutter es ihm erzählt hat, natürlich! Spiller ist sein Nachname. Sein Taufname ist Schlimmer.«

Es gab eine Pause.

»Wie ist er?«, fragte Homily dann mit ehrfürchtiger Stimme.

»Schlimmer!«

»Macht nichts«, sagte Homily eingeschnappt, »sag es uns. Wir sind schließlich keine Kinder.«

»Aber so heißt er: Schlimmer Spiller. Er kann sich daran erinnern, wie seine Mutter einmal beim Essen gesagt hat: ›Ein Schlimmer Spiller*, das bist du‹, hat sie gesagt. Das ist alles, was er von seiner Mutter noch weiß.«

»Na gut«, sagte Homily nach einer Weile und brachte ihr Gesicht dazu, wieder einen freundlichen, nachsichtigen Ausdruck anzunehmen, »dann sage ich zu ihm« (sie lächelte ihr mitleidiges Lächeln), »›Schlimmer, mein lieber Junge‹, werde ich sagen, ›mein armer Waisenjunge‹.«

»Woher willst du wissen, dass er ein Waisenjunge ist?«, unterbrach Pod. »Hast du ihn je danach gefragt?«

»Man kann Spiller nichts fragen«, warf Arrietty schnell ein. »Manchmal erzählt er einem was, aber man kann ihn nicht fragen. Weißt du noch, als du versucht hast herauszukriegen, wie er kocht? Er kam zwei Tage nicht wieder.«

»Das stimmt«, sagte Pod düster. »Zwei Tage kein Fleisch. Das wollen wir nicht so bald wieder erleben. Sieh mal, Homily«, fuhr er fort und wandte sich plötzlich ihr zu, »lass Spiller lieber in Frieden.«

»Es ist nur zu seinem Besten«, protestierte Homily verärgert, »und ich sage es ihm – ich *frage* ihn nicht! Ich will ihm nur sagen (wieder lächelte sie ihr Lächeln):

---

* to spill: verschütten, kleckern

›Spiller, mein armer Junge‹, oder ›Schlimmer‹ oder wie immer er heißt.«

»Du kannst nicht ›Schlimmer‹ zu ihm sagen, Mutter«, sagte Arrietty, »nicht, wenn er dich nicht darum bittet.«

»Also gut, dann eben ›Spiller‹!« Homily verdrehte ihre Augen. »Aber ich muss sie ihm erklären.«

»Was musst du ihm erklären?«, fragte Pod ärgerlich.

»Diese *Ethik*!« Homily schrie fast, »mit der wir alle erzogen wurden! Dass man niemals von einem anderen Borger borgt!«

Ungeduldig riss Pod seinen Faden ab. »Das weiß er«, sagte er. Er reichte Homily den Schuh. »Hier, zieh ihn an.«

»Und die Hutnadel?«, beharrte Homily.

»Er hat sie zurückgegeben«, sagte Pod.

»Die Nagelschere hat er nicht zurückgegeben!«

»Er häutet damit seine Beute«, sagte Arrietty schnell. »Und wir bekommen das Fleisch.«

»Er häutet seine Beute?«, stammelte Homily. »Also, das hätte ich nie ...«

»Das ist richtig«, stimmte Pod zu, »und er zerschneidet sie. Verstehst du, was ich meine, Homily?« Er stand auf. »Lass lieber alles so, wie es ist.«

Homily fummelte abwesend an ihren Schnürbändern herum. »Ich frage mich, wie er kocht«, grübelte sie nach einer Weile laut.

»Dann frag dich«, sagte Pod. Er ging zum Regal hinüber, um sein Werkzeug zurückzulegen. »Das schadet nichts, solange du *ihn* nicht fragst.«

»Armer Waisenjunge«, sagte Homily wieder. Sie sprach es leicht dahin, aber ihr Blick war nachdenklich.

Kapitel fünfzehn

KEIN GLÜCK IST VOLLKOMMEN
1492: Kolumbus entdeckt die Neue Welt
Auszug aus Arriettys Tagebuch mit Sprichwörtern vom 25. September

Die folgenden sechs Wochen, so erzählte Tom Goodenough, waren für Arrietty die glücklichsten, die sie je im Freien verbracht hatte. Nicht dass das Wetter so besonders schön gewesen wäre: Vielmehr spielte es die ganze Tonleiter des englischen Sommerwetters rauf und runter. Es gab Tage, wo die Felder in schillernden Nebel getaucht waren und Spinnweben in den Hecken glitzerten; Tage von drückender Hitze und erstickender Schwüle; Gewittertage mit einem heftigen Blitzschlag über dem Wald, Tage, an denen die verängstigte Homily die Rasierklinge vergrub, weil »Metall den Blitz anzieht«. Und eine ganze Woche trüben stetigen Regens mit wenigen Aufheiterungen, an denen der Graben unter ihrer Böschung zu einem reißenden Fluss anschwoll, in dessen Fluten Spiller seine Seifendose mit unheimlicher Geschwindigkeit und Geschicklichkeit unerschrocken über die Stromschnellen lenkte. Während dieser Woche waren Homily und Arrietty ans Haus gefesselt, damit sie, wie Pod sagte, nicht im Matsch ausglitten und in den Graben fielen. Es sei kein Spaß, erklärte er, vom Wasser mitgerissen zu werden, es würde sie bis in den wilden Bach tragen und weiter und weiter durch die angrenzenden Felder, bis sie auf den Fluss kämen und vielleicht sogar, schloss er, ins Meer getragen würden.

»Warum sagst du nicht noch ›bis nach Amerika‹?«, hatte Homily bissig bemerkt, indem sie sich an Arriettys *Weltlexikon* erinnerte. Aber sie strickte weiter an der Winterkleidung, sorgte dafür, dass die Männer etwas Heißes zu trinken bekamen, und trocknete Spillers Wäsche über der Kerze, während dieser splitternackt, aber zum ersten Mal sauber, im Stiefel kauerte. Der Regen kam nie richtig in die Höhle, aber überall herrschte eine unangenehme Feuchtigkeit, weißer Schimmel lag auf dem Stiefelleder, und einmal fanden sie einen gelben Giftpilz, wo vorher keiner gewesen war. An einem anderen Morgen, als Homily zitternd aus dem Bett kroch, um das Frühstück zu machen, wand sich eine silberne Schleimspur schleifenartig über den Fußboden, und als sie nach den Streichhölzern auf dem Werkzeugregal griff, schrie sie erschreckt auf: Auf dem Regal lag eine dicke Wegschnecke. Eine Schnecke von dieser Größe kann von einem Borger nur schwer gehandhabt werden, aber diese zog sich glücklicherweise zusammen und stellte sich tot. Als sie sie erst mal aus ihrem engen Versteck gezogen hatten, konnten sie sie über den Sandboden und die Böschung hinunterrollen.

Dann, Ende September, kamen noch etwa zehn schöne Tage mit Sonne und Schmetterlingen und drückender Hitze, an denen die Wildblumen zum zweiten Mal blühten. Unzählig waren Arriettys Freuden im Freien. Sie kletterte die Böschung hinab, lief über den Graben in das hohe Gras, legte sich zwischen die Halme und beobachtete die Tiere. Als sie sich an das Verhalten der Insekten gewöhnt hatte, fürchtete sie sich auch nicht mehr vor ihnen. Ihre beiden Welten, stellte sie fest, hatten nicht viel gemeinsam. Sie kümmerte sich nur wenig um sie, außer vielleicht um diese ekligen Wanzen, die langsam über die nackte Haut glitten, ihren Kopf neigten und sich festbissen.

Grashüpfer landeten wie urzeitliche Vögel auf den Grashalmen über ihrem Kopf, seltsame, gepanzerte Wesen, aber vollkommen harmlos für sie. Die Grashalme schwankten unter ihrem plötzlichen Gewicht heftig hin und her, und Arrietty, die aufmerksam auf

dem Boden lag, beobachtete das mechanische Mahlen ihrer Kiefer, wenn die Grashüpfer sich satt aßen.

Bienen waren für Arrietty so groß wie Vögel für Menschen, wobei Hummeln mit einem Truthahn verglichen werden konnten. Auch diese, fand sie heraus, waren harmlos, wenn man sie nicht reizte. Eine Hummel, die sich gierig an einer Kleeblüte gütlich tat, wurde ganz still, als Arrietty ihr Fell sanft streichelte. Wohlwollen erweckte Wohlwollen, wie sie herausfand, wogegen Wut nur durch Angst entstand. Einmal wurde sie fast gestochen, als sie eine Biene, um sie zu necken, in einem wilden Löwenmäulchen einschloss, indem sie den Kelch mit den Händen zuhielt. Die gefangene Biene summte wie ein Dynamo und stach, nicht Arrietty, aber durch den Blütenkelch.

Sie verbrachte viel Zeit am Wasser. Sie paddelte, beobachtete und lernte Schwimmen. Die Frösche hatten Scheu vor ihr. Bei Arriettys Erscheinen hüpften sie mit entnervtem Quaken davon, und ihre hervorquellenden nervösen Augen schienen zu sagen: »Schaut, wie's da wieder kommt …« (aus Bryces *Miniaturausgabe von Shakespeares Tragödien mit einem Vorwort über den Autor*).

Nach dem Baden, bevor sie sich wieder anzog, verkleidete Arrietty sich manchmal: Sie zog einen Rock

aus Veilchenblättern an (die Stiele nach oben), band sie sich mit einer verwelkten Akelei um die Hüfte und setzte, um die Feen nachzuäffen, einen Fingerhut als Kopfbedeckung auf. Diese Kleidung mochte Gnomen, Elfen, Wichteln und Pixies stehen, dachte Arrietty, als sie ihr schönes Spiegelbild im ruhigen Wasser eines Hufkraters betrachtete, aber sie musste doch zugeben, dass die Verkleidung bei einem normalen oder Gartenborger ziemlich dumm aussah. Wenn eine Blüte fest ihren Kopf umschloss, stand das ganze Ding in die Höhe wie ein rosiges Würstchen oder eine weit hochgezogene Chefkochmütze. Wenn bei einer anderen Blüte die Lippe einen Bogen beschrieb wie eine echte Hutkrempe, dann rutschte ihr die ganze Konstruktion über die Augen, bis sie auf ihren Schultern ruhte wie eine Ku-Klux-Klan-Kapuze.

An die Blüten heranzukommen war nicht einfach. Fingerhutpflanzen waren sehr hoch. Feen, nahm Arrietty an, flogen einfach mit erhobenem Kinn und hübsch gestreckten Füßen zu ihnen hinauf, wobei sie den Hauch eines Schleiers hinter sich herzogen. Feen taten alles so anmutig. Aber Arrietty, die Arme, musste sich die Blume mit einem hakenähnlichen Ast herunterziehen und sich auf den Stiel setzen, wobei sie sich so schwer machte, wie sie nur konnte, um jede Blüte in ihrer Reichweite zu pflücken. Manchmal entglitt ihr die Blume und schnellte wieder in die Höhe. Aber normalerweise schaffte sie es, fünf oder sechs Blüten zu pflücken, indem sie den Stiel entlangrutschte, jedenfalls genügend, um die richtige Größe auszuprobieren.

Spiller, der in seinem geschickt beladenen Boot vorbeiglitt, blickte sie dann mit einigem Erstaunen an. Er konnte Arriettys Spiele nicht gutheißen. Da er sein ganzes Leben im Freien verbracht hatte und sich gegen die Natur durchsetzen musste, konnte er sich nicht vorstellen, was diese Freiheit für jemanden bedeutete, der seine Kindheit unter einem Küchenfußboden verbracht hatte. Frösche waren in Spillers Augen bloß Fleisch, Gras bedeutete Schutz, und Insekten eine Plage, vor allem Mücken. Wasser war zum Trinken da, nicht um darin herumzuplanschen, und Flüsse waren Straßen, wo Fische schwammen. Spiller, das arme gehetzte Wesen, hatte niemals Zeit zum Spielen gehabt.

Aber er war ein mutiger Borger, das musste sogar Pod zugeben, und auf seine Art ebenso geschickt, wie Pod es immer gewesen war. Die beiden Gentlemen führten nach dem Abendessen lange Gespräche über die Feinheiten der Kunst. Pod gehörte einer eher bescheidenen Schule an, der tägliche Einsatz und die bescheidene Beute, ein wenig hier, ein wenig dort – immer auf der Hut, keinen Verdacht zu erregen. Spiller bevorzugte die Ernte-solange-die-Sonne-scheint-Methode: ein schnelles Einsacken dessen, was er in die Finger bekam, und ein ebenso schneller Rückzug.

Dieser Unterschied in der Herangehensweise war verständlich, dachte Arrietty, die den beiden zuhörte, während sie ihrer Mutter beim Abwaschen half. Pod war ein Hausborger, der auf eine lange Tradition zurückblickte, während Spiller ausschließlich mit Zigeunern zu tun hatte, die heute hier und morgen dort waren und an deren Geschwindigkeit er sich anpassen musste.

Manchmal verging eine ganze Woche, ohne dass sie Spiller zu Gesicht bekamen, aber vorher versorgte er sie reichlich mit Essen, das er schon gekocht hatte: eine Keule von diesem oder jenem, oder ein mit wildem Knoblauch gewürzter Eintopf, den Homily über der Kerze aufwärmte. Mehl, Zucker, Tee, Butter, sogar Brot, von allem hatten sie nun reichlich. Spiller versorgte sie in seiner unbekümmerten Art früher oder später mit allem, wonach sie fragten. Er brachte ihnen ein Stück pflaumenfarbigen Samt, aus dem Homily einen neuen Rock für Arrietty nähte, zwei ganze Kerzen, um ihren Stummelvorrat zu vergrößern, vier leere Zwirnspulen, auf die sie ihre Tischplatte legten, und, zu Homilys Freude, sechs Muschelschalen als Teller.

Einmal brachte er ihnen eine kleine runde Medizinflasche aus Glas. Als er sie entkorkte, sagte Spiller: »Wisst ihr, was das ist?«

Homily schnüffelte mit verzogenem Gesicht an der bernsteinfarbenen Flüssigkeit. »Irgendeine Art Haarshampoo?«, fragte sie und zog eine Grimasse. »Holunderblütenwein«, sagte Spiller und beobachtete dabei ihr Gesicht. »Der ist gut.«

Homily, die gerade probieren wollte, änderte plötzlich ihre Meinung. »Kommt Wein herein, der Geist fließt aus«, zitierte sie aus Arriettys *Tagebuch mit Sprichwörtern.* »Außerdem wurde ich absolut abstinent erzogen.«

»Er hat ihn in einer Gießkanne«, erklärte Spiller, »und gießt ihn aus der Tülle.«

»Wer macht das?«, fragte Homily.

»Mild Eye«, sagte Spiller.

Es gab eine kurze erstaunte Pause. »Und wer mag wohl ›Mild Eye‹ sein?«, fragte Homily schließlich. Anmutig steckte sie ihr Haar fest, wandte sich etwas von Spiller ab und begann leise zu summen.

»Der, dem der Stiefel gehört hatte«, sagte Spiller leichthin.

»Oh!«, bemerkte Homily. Sie nahm die Distel und fing an, den Fußboden zu fegen. Ohne unhöflich zu wirken,

schaffte sie es, einen Jetzt-muss-ich-mit-der-Hausarbeit-weitermachen-Eindruck zu vermitteln. »Welcher Stiefel?«

»Dieser Stiefel«, sagte Spiller und trat gegen die Spitze.

Homily hörte auf zu fegen. »Aber dies war der Stiefel eines Gentleman«, sagte sie langsam und deutlich.

»*War* ist richtig«, sagte Spiller.

Homily schwieg eine Zeitlang. »Ich verstehe dich nicht«, sagte sie schließlich.

»Bevor Mild Eye ihn geklaut hat«, erklärte Spiller. Homily lachte. »Mild Eye, Mild Eye, wer ist dieser Mild Eye?«, fragte sie leichthin. Sie war entschlossen, sich nicht aus der Fassung bringen zu lassen.

»Habe ich doch schon gesagt«, sagte Spiller, »der Zigeuner, der sich die Stiefel genommen hat.«

»*Die* Stiefel?«, wiederholte Homily mit hochgezogenen Augenbrauen und betonte die Mehrzahl.

»Es war ein Paar. Mild Eye hat sie draußen vor der Waschküchentür gefunden«, Spiller deutete mit dem Kopf in die Richtung, »bei dem großen Haus da unten. Er ist hingegangen, um Wäscheklammern zu verkaufen, und da standen sie alle in einer Reihe, auf dem Kopfsteinpflaster, viele Paare. Alle Formen und Größen standen da in der Sonne, gewienert und so.«

»Oh«, sagte Homily nachdenklich. Dies hörte sich nach einer guten Gelegenheit zum Borgen an. »Und er hat sie alle mitgenommen?«

Spiller lachte: »Nicht Mild Eye. Er hat das eine Paar eingesteckt und dann die Lücke wieder geschlossen.«

»Ich verstehe«, sagte Homily. Nach einer Weile fragte sie: »Und wer hat diesen hier geborgt? Du?«

»So könnte man sagen«, sagte Spiller und fügte als eine Art Erklärung hinzu: »Er hat diese gescheckte Katze.«

»Was hat die Katze damit zu tun?«, fragte Homily. »Einmal hat ein Kater hier nachts rumgejault, und Mild Eye ist aufgestanden und hat einen Stiefel nach ihm geworfen ... diesen Stiefel.« Wieder trat Spiller gegen das Leder. »Gut und wasserdicht war er, bevor ein Wiesel sich durchgebissen hat. Also hab ich ihn genommen, ihn an den Schnürsenkeln durch die Hecke gezogen, ihn ins Wasser gelassen, bin an Bord gesprungen, hab ihn flussabwärts zu der Ecke gefahren und ihn später oben in dem hohen Gras trocknen lassen.«

»Wo wir ihn gefunden haben?«, fragte Homily.

»Genau«, sagte Spiller. Er lachte. »Ihr hättet den alten Mild Eye am nächsten Morgen hören sollen! Er wusste genau, wohin er den Stiefel geworfen hatte, und er suchte und fluchte und konnte ihn nicht finden.« Spiller lachte wieder. »Er kommt nie hier vorbei«, fuhr er fort, »aber sucht immer noch.«

Homily wurde bleich. »Er sucht immer noch?«, wiederholte sie nervös.

Spiller zuckte mit den Schultern. »Was macht das schon? Er würde nie auf die Idee kommen, auf dieser Seite vom Wasser nachzusehen. Er weiß, wohin er den Stiefel geworfen hat, dieser Mild Eye; das ist es, was er nicht begreift.«

»Oje«, stammelte Homily unglücklich.

»Kein Grund zur Sorge«, sagte Spiller. »Gibt's irgendwas, was ihr braucht?«

»Etwas warme Kleidung wäre gut«, sagte Homily. »Letzte Nacht haben wir im Stiefel gefroren.«

»Wie wär's mit etwas Schafwolle?«, fragte Spiller. »Unten am Weg hängt viel davon an den Brombeerranken.«

»Alles«, stimmte Homily zu. »Hauptsache, es ist warm. Und Hauptsache«, fügte sie hinzu, als wäre ihr plötzlich ein schrecklicher Gedanke gekommen, »es ist kein Strumpf.« Ihre Augen weiteten sich. »Ich will keinen Strumpf, der Mild Eye gehört.«

Spiller aß an diesem Abend bei ihnen (kalte gekochte Elritze mit Sauerampfersalat). Er hatte ihnen ein herrliches Bündel sauberer Schafwolle mitgebracht sowie ein rotes Stück einer Decke. Pod, der sich weniger abstinent ernährte als Homily, goss sich eine halbe Nussschale Holunderblütenwein ein. Aber Spiller rührte keinen Wein an. »Ich muss noch was erledigen«, bemerkte er nüchtern, und sie vermuteten, dass er wieder fortgehen würde.

»Bist du lange weg?«, fragte Pod so nebenbei, bevor er einen Schluck Wein nahm, als wolle er nur mal probieren.

»Eine Woche«, sagte Spiller, »vielleicht zehn Tage.«

»Nun«, sagte Pod, »pass auf dich auf.« Er nahm noch einen Schluck Wein. »Schmeckt gut«, sagte er Homily und bot ihr die Nussschale an, »probier mal.«

Homily schüttelte den Kopf und presste ihre Lippen aufeinander. »Wir werden dich vermissen, Spiller«, sagte sie, ohne mit der Wimper zu zucken, und beachtete Pod nicht, »das ist jedenfalls sicher.«

»Warum musst du weg?«, fragte Arrietty plötzlich.

Spiller, der sich gerade durch den Blättervorhang zwängen wollte, drehte sich um und sah sie an.

Arrietty wurde rot. Ich habe ihm eine Frage gestellt, dachte sie unglücklich. Nun wird er wochenlang nicht wiederkommen. Aber dieses Mal schien Spiller nur zu zögern.

»Meine Wintersachen«, sagte er schließlich.

»Oh!«, rief Arrietty und hob erfreut ihren Kopf.

»Neue?«

Spiller nickte.

»Aus Pelz?«, fragte Homily.

Spiller nickte wieder.

»Kaninchen?«, fragte Arrietty.

»Maulwurf«, sagte Spiller.

Plötzlich verbreitete sich ein Gefühl der Freude in der mit Kerzenschein beleuchteten Höhle: ein schönes Gefühl von Vorfreude. Alle drei lächelten Spiller an, und Pod hob sein »Glas«. »Auf Spillers neue Kleider«, sagte er, und Spiller sprang verlegen durch die Zweige. Noch bevor der Vorhang zu rascheln aufgehört hatte, erschien sein Gesicht noch einmal: von Blättern eingerahmt, sah es sie belustigt und schüchtern an. »Eine Lady näht sie«, bemerkte er selbstsicher, und dann machte er, dass er davonkam.

Kapitel sechzehn

AUF JEDE FLUT FOLGT EINE EBBE
1841: Brand des Towers von London
Auszug aus Arriettys Tagebuch mit Sprichwörtern vom 30. Oktober

Früh am nächsten Morgen rief Pod, der am Eingang der Höhle stand, Arrietty nach draußen. »Komm mal raus«, rief er, »und sieh dir das an!«

Arrietty warf sich fröstelnd einige Kleidungsstücke über, legte sich die rote Decke um die Schultern und kroch zu ihm hinaus. Die Sonne schien, und die Landschaft schimmerte seltsam, als sei der Erdboden mit Puderzucker überzogen.

»Das ist er«, sagte Pod nach einer Weile, »der erste Frost.«

Arrietty schob ihre eiskalten Finger unter die Achselhöhlen und zog das Tuch fester um sich. »Ja«, sagte sie nüchtern, und wortlos blickten sie beide in die Ferne.

Nach einer Weile räusperte sich Pod. »Du brauchst deine Mutter nicht aufzuwecken«, sagte er heiser. »Bei

der Sonne wird der Raureif wahrscheinlich in weniger als einer Stunde verschwunden sein.« Er verstummte und dachte angestrengt nach. »Ich dachte, du würdest es gern sehen«, sagte er schließlich.

»Ja«, sagte Arrietty wieder und fügte höflich hinzu: »Es ist sehr hübsch.«

»Wir machen am besten ganz leise das Frühstück«, sagte Pod, »und lassen deine Mutter schlafen. Ihr geht es gut«, fuhr er fort, »so eingemummelt in der Schafwolle.«

»Ich komme um vor Kälte«, grummelte Homily beim Frühstück und presste ihre Hände um eine halbe Haselnuss mit heißem Tee (jetzt, wo sie Spiller hatten, brauchten sie mit der Kerze nicht mehr zu sparen). »Sie fährt mir durch Mark und Bein. Weißt du was?«, fuhr sie fort.

»Nein«, sagte Pod (das war die einzige Antwort darauf).

»Was?«

»Wie wäre es, wenn wir zu diesem Platz mit den Wohnwagen gingen und uns mal umsähen? Es werden keine Zigeuner da sein. Wenn Spiller geht, heißt das, dass sie fort sind. Vielleicht finden wir ja was«, fügte sie hinzu, »und bei diesem Wetter hat es keinen Sinn, herumzusitzen. Was hältst du davon, Pod? Wir können uns ja ganz warm anziehen.«

Arrietty war still und beobachtete ihre Gesichter. Sie hatte gelernt, nicht zu drängen.

Pod zögerte. War das nicht Wilderei, fragte er sich, war es nicht Spillers Revier? »Na gut«, stimmte er nach einer Weile unsicher zu.

Es war keine einfache Expedition. Da Spiller sein Boot versteckt hatte, mussten sie auf einem flachen Stück Rinde über das Wasser fahren. Im Wald dann kam ihnen der Weg am Ufer entlang sehr beschwerlich vor: Beide Ufer waren dicht mit Brombeersträuchern bewachsen, schreckliche Wälder aus lebendigem Stacheldraht, der an ihren Haaren und Kleidern riss. Als sie endlich durch die Hecke geklettert waren und den Grasstreifen neben der Landstraße erreichten, waren sie alle drei zerzaust und blutig gekratzt.

Arrietty sah sich auf dem Lagerplatz um. Der Anblick machte sie traurig: Der Wald, durch den sie gerade gekommen waren, verbarg die letzten schwachen Sonnenstrahlen, und das schattige Gras war heruntergetreten und gelb. Hier und da lagen Knochen, Federn und Lumpen, und schmutzige Zeitungsblätter flatterten in der Hecke.

»Oje«, murmelte Homily und blickte von rechts nach links, »irgendwie mag ich die rote Decke jetzt nicht mehr.«

»Also los«, sagte Pod nach einer Pause, »kommt jetzt. Wir können uns genauso gut etwas umschauen«, und er schritt die Böschung hinunter.

Sie stöberten widerwillig herum, und Homily musste sofort an Flöhe denken. Pod fand eine alte eiserne Kasserolle ohne Boden: Er hatte das Gefühl, sie könnte zu irgendetwas zu gebrauchen sein, aber kam nicht drauf, was es sein könnte. Er ging nachsinnend darum herum und klopfte ein- oder zweimal mit dem Kopf der Hutnadel dagegen, was einen stumpfen Klang gab. Jedenfalls, entschied er schließlich und wandte sich ab, konnte er hier nichts damit anfangen, und zum Schieben war sie viel zu schwer.

Arrietty fand einen ausrangierten Herd. Er lag in der Böschung unter der Hecke und war so tief in das Gras gesunken und so dick mit Rost verkrustet, dass er schon jahrelang dort gelegen haben musste. »Weißt du«, sagte sie zu ihrer Mutter, nachdem sie ihn wortlos betrachtet hatte, »man könnte auch in so einem Herd wohnen.«

Homily starrte sie an. »Darin wohnen?«, rief sie angewidert. Der Herd lag schief und halb versunken in der Erde. Verglichen mit anderen Herden, war er ziemlich klein. Er besaß einen Ascherost und einen kleinen Backofen, wie sie in Wohnwagen eingebaut werden.

Neben dem Herd bemerkte Arrietty einen kleinen Haufen dünner Knochen.

»Kann sogar sein, dass sie recht hat«, stimmte Pod zu und klopfte gegen den Rost. »Man könnte hier drin ein Feuer anzünden und im Ofen wohnen.«

»Wohnen!«, rief Homily. »Lebendig geröstet werden, meinst du wohl!«

»Nein«, sagte Pod, »es braucht ja kein großes Feuer zu sein. Nur genug, um ihn durchzuwärmen. Und drinnen«, er betrachtete den Messingriegel an der Ofentür, »ist man ganz sicher. Er ist aus Eisen«, sagte er und klopfte mit seiner Hutnadel gegen den Herd, »hier kann niemand so einfach ein Loch reinbeißen.«

»Aber Feldmäuse können durch den Rost schlüpfen«, sagte Homily.

»Vielleicht«, sagte Pod, »aber ich habe weniger an Feldmäuse gedacht als an«, er machte eine unbehagliche Pause, »Hermeline und Füchse und solche Viecher.«

»Oh, Pod!«, rief Homily. Sie schlug ihre Hände vor das Gesicht und bemühte sich um einen tragischen Gesichtsausdruck, »all diese Dinge, die du immer sagst! Warum tust du mir das an?«, flehte sie weinerlich. »Warum? Du weißt doch, wie sehr ich darunter leide!«

»Nun, es gibt nun mal solche Dinge«, stellte Pod unerschütterlich fest. »Bei dem Leben, das wir jetzt führen«, fuhr er fort, »muss man sich eben den Verhältnissen anpassen und der Gefahr ins Auge sehen. Auch wenn man sich wünscht, dass es keine gäbe.«

»Aber Füchse, Pod«, protestierte Homily.

»Ja«, stimmte Pod zu, »es gibt sie nun mal. Man kann sie nicht einfach leugnen. Verstehst du, was ich meine?«

»Ja, ich verstehe sehr gut«, sagte Homily und betrachtete den Herd etwas wohlwollender. »Aber wenn du ein Feuer darin anzündest, dann werden die Zigeuner den Rauch sehen.«

»Und nicht nur die Zigeuner«, gab Pod zu und blickte den Weg hinunter. »Jeder, der hier vorbeikommt, würde es sehen. Nein«, seufzte er, als er sich zum Gehen wandte, »dieser Herd ist nicht zu gebrauchen. Schade um das Eisen.«

Der einzige wirklich tröstliche Fund war eine heiße geschwärzte Kartoffel. Arrietty fand sie auf dem Feuerplatz der Zigeuner. Die Asche war immer noch warm, und als sie mit einem Stock darin herumstocherten, sprangen rote Funken durch die Luft. Die Kartoffel dampfte, als sie sie aufbrachen, und zufrieden setzten sie sich so dicht wie möglich an die gefährliche Wärme und aßen.

»Ich wünschte, wir könnten etwas von der Glut mit

nach Hause nehmen«, bemerkte Homily. »Ich wette, das ist das Geheimnis, wie Spiller kocht, er borgt sich ein bisschen vom Zigeunerfeuer. Was glaubst du, Pod?«

Pod blies auf sein heißes Stück Kartoffel. »Nein«, sagte er, biss ab und redete mit vollem Mund weiter, »Spiller kocht irgendwie regelmäßig, ob die Zigeuner nun hier sind oder nicht. Spiller hat seine eigene Methode. Würde sie gerne kennen.«

Homily beugte sich vor und stocherte mit einem geschwärzten Stock in der Asche herum. »Wenn wir dieses Feuer unterhielten«, schlug sie vor, »und dann den Stiefel hierherbrächten?«

Pod sah sich kritisch um. »Der Platz hier ist zu öffentlich«, sagte er.

»Und wenn wir ihn in die Hecke legten«, fuhr Homily fort, »bei dem Herd da? Wie wäre das? Wenn wir ihn nun *in* den Herd legten?«, fügte sie plötzlich aufgeregt, aber ängstlich hinzu.

Pod drehte sich langsam um und sah sie an. »Homily«, begann er und hielt inne, als fehlten ihm die Worte. Nach einer Weile legte er seiner Frau die Hand auf den Arm und betrachtete stolz seine Tochter. »Deine Mutter ist eine wundervolle Frau«, sagte er mit bewegter Stimme. »Vergiss das niemals, Arrietty.«

Dann packten sie alle mit an: Wie die Verrückten sammelten sie Stöcke und nasse Blätter, um die Glut am Leben zu halten. Sie rannten hin und her, hinauf in die Hecke, die Böschung entlang, in das Gehölz. Sie zogen und zerrten und hasteten und stolperten, und bald stieg eine weiße Rauchsäule in den bewölkten Himmel.

»Oje«, keuchte Homily ängstlich, »das sieht man meilenweit!«

»Macht nichts«, japste Pod und zerrte an einem Ast, der mit Flechten überzogen war, »man wird denken, es seien die Zigeuner. Wirf noch ein paar Blätter drauf, Arrietty, es muss bis morgen früh glimmen.«

Ein plötzlicher Windstoß blies Homily den Rauch in die Augen, und die Tränen liefen ihr die Wangen hinunter. »Oje«, rief sie wieder unglücklich. »Und das werden wir nun den ganzen Winter lang tun müssen, tagein, tagaus, bis wir bis auf die Knochen abgemagert sind und kein Feuerholz mehr haben. Es hat keinen Sinn, Pod. Verstehst du, was ich meine?«

Sie setzte sich plötzlich auf einen rußgeschwärzten Blechdeckel und weinte. »Man kann nicht den Rest seines Lebens damit zubringen«, schluchzte sie, »ein offenes Feuer zu versorgen.«

Pod und Arrietty sagten nichts. Sie wussten plötzlich, dass Homily recht hatte: Borger waren zu klein und zu schwach für ein richtiges Feuer. Das Licht wurde schwächer, und der Wind verstärkte sich, es war ein bleierner Wind, der Schnee ankündigte.

»Wir gehen besser nach Hause«, sagte Pod schließlich. »Immerhin haben wir es versucht. Komm jetzt«, drängte er Homily, »trockne deine Tränen. Uns fällt schon noch was anderes ein.«

Aber es fiel ihnen nichts anderes ein. Und es wurde kälter. Von Spiller gab es keine Spur, und nach zehn Tagen hatten sie kein Fleisch mehr und brachen ihren letzten Kerzenstummel an, ihre einzige Wärmequelle.

»Ich weiß nicht«, klagte Homily unglücklich, wenn sie nachts unter die Schafwolle krochen, »was wir tun sollen, wirklich nicht. Wir werden Spiller nicht wiedersehen, das ist mal sicher. Ich fürchte fast, er ist verunglückt.«

Dann kam der Schnee. Homily, die tief vermummt im Stiefel lag, wollte ihn nicht sehen. Für sie kündigte der Schnee ihr Ende an. »Ich will hier sterben«, sagte sie, »gemütlich eingemummelt. Du und dein Vater«, sagte sie zu Arrietty, »ihr könnt sterben, wie es euch gefällt.«

Es hatte keinen Zweck, dass Arrietty ihr versicherte, das Feld sehe wunderschön aus, die Kälte sei gar nicht so schlimm, und sie hätten einen Schlitten aus dem schwarzen Blechdeckel gemacht, den Pod aus der Asche gefischt hatte. Homily hatte sich ihr Grab gemacht und war entschlossen, darin liegenzubleiben.

Aber Arrietty genoss trotzdem ihre Schlittenfahrten: Immer wieder rutschte sie die Böschung hinunter und landete mit Schwung im Graben. Pod, die tapfere Seele, ging noch auf Nahrungssuche, obwohl er in der Hecke nur noch wenig fand und sie sich dieses bisschen, ein paar übrig gebliebene Beeren, mit den Vögeln teilen mussten. Obwohl sie alle abmagerten, wurde keiner von ihnen krank, und Arriettys vom Schnee gerötete Wangen glühten vor Gesundheit.

Aber fünf Tage später änderte sich das Wetter. Es wurde bitterkalt, und es schneite heftig. Der Schnee türmte sich in luftigen Schneewehen auf, die zu leicht und fedrig waren, um ein Streichholz zu tragen, geschweige denn einen Borger. Jetzt waren sie an ihr Heim gefesselt, und Pod und Arrietty gesellten sich die meiste Zeit zu Homily in den Stiefel. Die Wolle war warm, aber während sie so im Halbdunkel lagen, verging die Zeit nur langsam, und die Tage waren langweilig. Homily erwachte gelegentlich zum Leben und erzählte Geschichten aus ihrer Kindheit. Sie konnte so ausschweifend erzählen, wie sie nur wollte, denn ihre Zuhörer konnten ihr nicht entkommen.

Die Vorräte gingen zur Neige. »Wir haben nichts mehr«, stellte Pod eines Abends fest, »außer einem Stück Zucker und ein paar Millimeter Kerze.«

»So was kann ich nicht essen«, beschwerte sich Homily, »kein Wachs.«

»Es hat dich niemand darum gebeten«, sagte Pod. »Und wir haben noch einen Tropfen Holunderblütenwein.«

Homily setzte sich im Bett auf. »Ah«, sagte sie, »wir tun den Zucker in den Wein und erwärmen ihn über dem Rest der Kerze.«

»Aber Homily«, protestierte Pod überrascht, »ich dachte, du wärst gegen Alkohol?«

»Grog ist etwas anderes«, erklärte Homily. »Ruf mich, wenn er fertig ist«, und sie legte sich wieder hin und schloss ergeben ihre Augen.

»Lass ihr ihren Willen«, flüsterte Pod Arrietty zu. Er betrachtete unsicher die Flasche. »Da ist mehr drin, als ich dachte. Ich hoffe, es wird ihr guttun.« Es wurde ein richtiges Fest: So lange war es her, dass sie die Kerze angezündet hatten, und es war schön, sich drumherum zu setzen und ihre Wärme zu spüren.

Als sie schließlich warm und etwas angesäuselt unter die Schafwolle krochen, spürte Arrietty eine seltsame Zufriedenheit, und eine hoffnungsvolle Ruhe breitete sich in ihr aus. Schläfrig vom Wein, hatte Pod vergessen, den Stiefel zuzuschnüren. Nun, vielleicht machte das nichts, wenn es nun einmal ihre letzte Nacht auf Erden sein sollte.

Kapitel siebzehn

GOTTES WEGE SIND UNERGRÜNDLICH
1755: Großes Erdbeben bei Lissabon fordert 50 000 Menschenleben
Auszug aus Arriettys Tagebuch mit Sprichwörtern vom 1. November

Es war nicht ihre letzte Nacht auf Erden, das kommt selten vor. Aber es war ihre letzte Nacht *in* der Erde.

Arrietty wachte als Erste auf. Sie war müde, als hätte sie schlecht geschlafen, und erst später (erzählte sie Tom) erinnerte sie sich daran, dass sie von einem Erdbeben geträumt hatte. Sie war nicht nur müde, sondern fühlte sich auch völlig verkrampft und lag in einer äußerst unbequemen Stellung. Es war viel heller als sonst, und dann erinnerte sie sich an den unverschnürten Eingang. Aber warum, fragte sie sich und richtete sich auf, warum schien das Tageslicht von oben zu kommen, wie von einem halbverdeckten Dachfenster? Und plötzlich verstand sie: Der Stiefel, der immer auf der Seite gelegen hatte, stand aus irgendeinem unverständlichen Grund aufrecht. Ihr erster Gedanke war,

dass ihr Traum von dem Erdbeben Wirklichkeit gewesen war, und ihr Herz fing wild an zu schlagen. Sie blickte zu Pod und Homily hinüber: Nach dem, was sie von ihnen sehen konnte, so tief waren sie in die Wolle verstrickt, schienen sie fest zu schlafen, aber irgendwie lagen sie ganz anders als am Abend zuvor. Irgendetwas war geschehen, dessen war sie sich sicher, es sei denn, sie träumte immer noch.

Steif setzte Arrietty sich auf. Obwohl der Stiefel offen war, wirkte die Luft erstaunlich warm, beinahe stickig. Es roch nach Holzfeuer und Zwiebeln und nach etwas anderem, etwas, das sie nicht identifizieren konnte. War es der Geruch eines menschlichen Wesens?

Arrietty kroch die Sohle des Stiefels entlang, bis sie unter der Öffnung stand. Als sie hinaufsah, erblickte sie anstelle ihrer Höhlendecke ein merkwürdiges Geflecht aus Stahlfedern und eine Art gestreifter Decke. Sie mussten unter einem Bett sein, stellte sie fest (sie hatte diese Ansicht schon früher in dem großen Haus gesehen), aber unter wessen Bett? Und wo?

Ein wenig zitternd, aber zu neugierig, um Angst zu haben, steckte sie ihren Fuß in eine der Stiefelösen und zog sich an einem Schnürsenkel hoch. Noch eine Öse, dann konnte sie hinausschauen. Das Erste, was sie erblickte, war ein zweiter Stiefel, der genauso aussah wie ihr eigener und der so dicht neben dem ihren stand, dass sie hineinsehen konnte.

Das war alles, was sie von ihrer Position aus sehen konnte. Das Bett war niedrig, wenn sie sich streckte, konnte sie die Federn fast berühren. Aber sie konnte auch Geräusche hören: Wasser brodelte leise in einem Kessel, ein Feuer brannte knisternd, und dann war da noch ein tieferes, rhythmischeres Geräusch: das Schnarchen eines Menschen.

Arrietty zögerte. Sie wollte schon ihre Eltern wecken, entschied sich dann aber doch dagegen. Erst mal musste sie etwas mehr herausfinden. Sie lockerte die Schnürsenkel, schlüpfte durch den Spalt und ging über den Spann des Stiefels zu den Zehen. Jetzt konnte sie mehr sehen.

Wie sie vermutet hatte, befanden sie sich in einem Wohnwagen. Der Stiefel stand unter einem Klappbett, das an einer der langen Seiten stand. An der gegenüberliegenden Wand sah sie einen kleinen Kohleofen, sehr ähnlich dem in der Hecke. Darüber war ein ziemlich schmieriger Sims. Das Brett des Simses war mit Spiegelscherben, bemalten Vasen, alten Bechern mit Krönungsbildern und Sträußen aus Papierblumen überfüllt. Darunter und auf jeder Seite gab es eingebaute Schubladen und Schränke. In einem Wasserkessel auf dem Herd brodelte es leise, und ein Feuer glühte rot durch den Rost.

Zur Rechten, am hinteren Ende des Wohnwagens, sah sie eine weitere Schlafkoje, die etwas fester über einem Schrank angebracht worden war. Der Schrank schloss nicht ganz am Boden ab, stellt sie fest, als sie nach einem Versteck suchte. Unter ihm gab es einen Spalt, in den ein Borger passte. In der Koje über dem Schrank erblickte sie den sich hebenden Berg einer Flickendecke, der, wie sie am Schnarchen feststellen konnte, einen schlafenden Menschen enthalten musste. Am Kopfende des Bettes stand eine Gießkanne, auf deren Tülle ein Becher balancierte. Holunderblütenwein, dachte sie, er war ihnen letzte Nacht zum Verhängnis geworden.

Zu ihrer Linken, ebenfalls im rechten Winkel, befand sich die Tür des Wohnwagens. Die obere Hälfte stand offen und ließ die Wintersonne herein. Die Tür, das wusste sie, ging auf die beiden Deichseln hinaus. Durch einen Spalt schien ein Sonnenstrahl herein, ein Spalt, durch den sie, wenn sie sich traute, hinaussehen konnte.

Sie zögerte. Bis zum Spalt war es nur ein Katzensprung, höchstens eineinhalb Meter. Der menschliche Berg hob und senkte sich immer noch und erfüllte die Luft mit lauten Geräuschen. Vorsichtig glitt Arrietty von der Spitze des Stiefels auf den abgetretenen Teppich und schlich auf Zehenspitzen zur Tür. Einen Moment lang blendete sie das strahlende Sonnenlicht, das durch den Spalt schien. Dann erkannte sie einen Streifen schmutzigen Grases, durchnässt von schmelzendem Schnee, und ein Feuer, das verdrossen zwischen zwei Steinen rauchte. Weiter weg lag etwas, das sie kannte: die Überreste des kaputten Herdes. Erleichtert atmete sie auf. Sie befanden sich also immer noch auf dem alten Lagerplatz und waren nicht, wie sie zuerst befürchtet hatte, in der Nacht weitergefahren.

Während sie noch ihre Nase durch den Spalt steckte, fiel ihr plötzlich auf, wie still es geworden war. Als sie sich umdrehte, erstarrte sie: Das menschliche Wesen hatte sich im Bett aufgesetzt. Es war ein riesiger Mann mit dunkler Haut und einer Menge Locken auf dem Kopf. Seine Augen blickten zur Decke, er reckte die Arme und hatte den Mund weit geöffnet zu einem langgezogenen, stöhnenden Gähnen.

In panischem Schrecken dachte sie an ein Versteck. Sie blickte nach rechts zum Bett, dem Bett, unter dem sie erwacht war. Mit drei Schritten konnte sie es erreichen, aber es war besser, sich ruhig zu verhalten, wie Pod geraten hätte. Der schattige Teil der Tür, vor dem sie stand, wirkte durch die geöffnete, sonnige

Oberhälfte noch dunkler. Arrietty wich von dem Spalt zurück, gegen dessen Helligkeit sie sich abzeichnen würde.

Der Mensch hörte auf zu gähnen und schwang seine Beine aus der Koje. Dann saß er eine Weile auf dem Rand und betrachtete wohlwollend seine bestrumpften Füße. Eines seiner Augen, bemerkte Arrietty, war dunkel und blinzelte, das andere war blasser, gelblich, mit einem seltsam hängenden Augenlid. Dies musste Mild Eye sein, dieser große fette schreckliche Mann, der seine Füße so freundlich anlächelte. Während Arrietty ihn beobachtete, hob sich sein seltsamer Blick, und das Lächeln wurde breiter: Mild Eye betrachtete die Stiefel.

Arrietty hielt den Atem an, als sie sah, wie er sich vorbeugte, seinen Arm ausstreckte und die Stiefel unter dem Bett hervorholte. Er untersuchte sie liebevoll und hielt sie nebeneinander. Dann, als bemerke er ihr unterschiedliches Gewicht, setzte er einen wieder auf den Fußboden. Den anderen schüttelte er vorsichtig und drehte ihn um, wobei er seine Hand unter die Öffnung hielt, und als nichts herausfiel, steckte er seine Hand hinein.

Der Schrei, den er ausstieß, dachte Arrietty später, musste meilenweit zu hören gewesen sein. Mild Eye ließ den Stiefel fallen. Er fiel auf die Seite, und Arrietty sah entsetzt, wie Homily und Pod herausrannten und zwischen seinen Beinen in dem flachen Spalt zwischen Bett und Fußboden verschwanden. Aber Mild Eye hatte sie gesehen.

Es gab eine schreckerfüllte Pause.

Arrietty hatte schon genug Angst, aber Mild Eye hatte noch mehr. Seine seltsamen Augen traten aus einem Gesicht hervor, das die Farbe von Fugenkitt angenommen hatte. Das Echo von zwei kleinen Wörtern hing in der Luft, Mild Eye wollte seinen Ohren nicht trauen: Irgendjemand, irgendetwas, irgendwo, hatte mit verschreckter Stimme gestammelt: »Oje!«

Und dabei, dachte Arrietty, hatte Homily sich noch ziemlich zusammengerissen, wenn man bedachte, wie sie sich fühlen musste: aus tiefem Schlaf herausgerissen und aus dem Stiefel geschüttelt zu werden, in diese schrecklichen Augen zu sehen, die auf sie herabstarrten, und dann den donnernden Schrei zu hören. Der Spalt zwischen Schrank und Fußboden, schätzte Arrietty, konnte nicht breiter als ein paar Zentimeter sein. Es würde für ihre Eltern unmöglich sein, sich aufzurichten, und obwohl es im Moment ein sicherer Ort zu sein schien, so waren sie doch gefangen. Es schien keine Fluchtmöglichkeit zu geben.

Um sich selbst machte sie sich weniger Sorgen. Sie

stand bewegungslos im Schatten der Tür. Es stimmte zwar, dass sie sich genau in Mild Eyes Blickfeld befand, aber er würde sie nicht sehen, dessen war sie sich sicher, falls sie sich nicht bewegte. Er war vollkommen erschüttert von dem kurzen Anblick dieser Wesen, die auf so unerklärliche Weise zwischen seinen Füßen aufgetaucht waren.

Stumpfsinnig starrte er noch eine Weile lang auf den Boden, dann ließ er sich auf alle viere nieder und spähte unter das Bett. Enttäuscht stand er wieder auf, suchte nach einer Streichholzschachtel, strich ein Streichholz an und untersuchte erneut die Schatten, so weit der Lichtschein reichte. Arrietty nahm die Gelegenheit war, dass er ihr den Rücken zukehrte, machte drei Schritte und schlüpfte wieder unter das Bett. Ein Pappkarton lag darunter, den sie als Versteck benutzen konnte, einige Längen Seil, ein paar Kaninchenschlingen und eine schmierige Untertasse, auf der einmal Milch gewesen war.

Sie ging zwischen diesen Gegenständen hindurch, bis sie das Ende des Bettes erreicht hatte. Dort traf es auf die Schlafkoje mit dem Schrank darunter. Sie spähte durch das Gewirr der Kaninchenschlingen hindurch und sah, dass Mild Eye, unzufrieden mit dem Licht, das das Streichholz warf, sich mit einem Knotenstock be-

waffnet hatte, den er nun eifrig an der Spalte zwischen der Koje und dem Fußboden entlanglaufen ließ. Arrietty presste die Hände auf ihr Herz. Einmal war ihr, als hätte sie einen unterdrückten Schrei gehört und ein gemurmeltes: »Oh, du meine Güte!«

In diesem Moment öffnete sich die Tür des Wohnwagens, ein kalter Luftzug wehte durch den Raum, und eine Frau sah mit aufgerissenen Augen herein. Sie war gegen die Kälte in einen dicken Schal gehüllt und trug einen Korb mit Wäscheklammern. Arrietty duckte sich zwischen die Kaninchenschlingen und sah, dass sich die Augen noch mehr weiteten. Eine Flut von Fragen in einer fremden Sprache ergoss sich über Mild Eyes Rückenansicht. Arrietty sah den dampfenden Atem der Frau im klaren Sonnenschein und hörte ihre Ohrringe klimpern.

Mild Eye stand etwas beschämt auf. Arrietty fand, dass er sehr groß war, und auch wenn sie sein Gesicht nicht mehr sehen konnte, wirkten schon seine hängenden Arme sehr hilflos. Er antwortete in derselben fremden Sprache. Er sagte ziemlich viel, und manchmal hob sich seine Stimme zu einem aufgeregten Piepsen.

Er nahm den Stiefel, zeigte ihn der Frau, sagte eine Menge darüber und steckte etwas nervös, wie Arrietty bemerkte, seine Hand hinein. Er holte die Schafwolle heraus, den Strumpf sowie mit einigem Erstaunen, da sie einmal ihm gehört hatte, die rote Decke. Als er der Frau, die immer noch spottete, diese Dinge hinüberschob, wurde seine Stimme beinahe weinerlich. Da lachte die Frau, ein dünnes heiseres Lachen. Richtig herzlos und unfreundlich, dachte Arrietty. Aus Mitleid mit Mild Eye verspürte sie beinahe Lust, zu ihm zu laufen, um dieser ungläubigen Kreatur zu beweisen, dass es solche Wesen wie Borger sehr wohl gab. (Es ist so schrecklich und traurig, hatte sie einmal zu Tom Goodenough gesagt, wenn man einer Art angehört, an die kein vernünftiger Mensch glaubt.) Aber sie riss sich zusammen und glitt stattdessen in den dunklen Spalt unter dem Schrank.

Gerade noch rechtzeitig. Es gab einen dumpfen Schlag auf dem Teppich, und nur ein paar Zentimeter neben der Stelle, wo sie eben noch gestanden hatte, sah sie die vier Pranken einer Katze, drei schwarze und eine weiße. Sie sah, wie sie sich streckte, sich herumrollte und ihr Gesicht an dem sonnenwarmen Teppich rieb. Sie war schwarz und hatte einen weißen Bauch. Sie oder er? Arrietty wusste es nicht. Jedenfalls hatte sie eine schöne Brust, stark und geschmeidig, wie sie Katzen haben, die im Freien jagen.

Arrietty glitt wie eine Krabbe seitwärts in den Schat-

ten und ließ die sich aalende Katze nicht aus den Augen. Plötzlich wurde ihre Hand genommen und leicht gedrückt. »Oh, Gott sei Dank …«, flüsterte Homily ihr ins Ohr, »dem Himmel sei Dank, dass dir nichts passiert ist.«

Arrietty hielt einen Finger an ihre Lippen. »Psst«, flüsterte sie beinahe lautlos und starrte die Katze an.

»Sie kann nicht hier herein«, flüsterte Homily. Arrietty sah, dass ihr Gesicht im Dämmerlicht bleich aussah, grau und voller Staub. »Wir sind in einem Wohnwagen«, fuhr sie fort, entschlossen, alle Neuigkeiten loszuwerden.

»Ich weiß«, sagte Arrietty und bat: »Mutter, wir sollten lieber leise sein.« Homily war eine Weile still, dann sagte sie: »Er hat deinen Vater mit diesem Stock am Rücken getroffen. An der weichen Stelle«, fügte sie beruhigend hinzu.

»Psst«, flüsterte Arrietty wieder. Von ihrer Position aus konnte sie nicht viel sehen, aber sie hörte, dass Mild Eye sich seinen Mantel anzog. Kurz darauf bückte er sich, und seine Hand kam näher, als er unter dem Bett nach den Kaninchenschlingen griff. Die Frau war immer noch draußen und beschäftigte sich mit dem Feuer.

Nach einer Weile, als sich Arriettys Augen an die

Dämmerung gewöhnt hatten, sah sie ihren Vater, der etwas weiter weg an der Wand saß. Sie kroch zu ihm hinüber, und Homily folgte ihr.

»Nun, hier sind wir also«, sagte Pod und bewegte dabei kaum die Lippen, »und noch sind wir nicht tot«, fügte er mit einem Seitenblick auf Homily hinzu.

Kapitel achtzehn

GETEILTES LEID IST HALBES LEID
1605: Pulververschwörung in London
Auszug aus Arriettys Tagebuch mit Sprichwörtern vom 5. November

Sie kauerten sich dicht aneinander und lauschten mit angehaltenem Atem, als Mild Eye die Tür öffnete, sie wieder verschloss und die Stufen hinunterpolterte.

Es wurde still.

»Jetzt sind wir allein«, bemerkte Homily schließlich in normaler Lautstärke. »Ich meine, wenn die Katze nicht wäre, könnten wir jetzt rausgehen.«

»Psst«, flüsterte Pod. Er hatte gehört, wie die Frau Mild Eye spöttisch eine Frage stellte und wie sie bei seiner gemurmelten Antwort auflachte. Auch Arrietty lauschte.

»*Er* weiß, dass wir hier sind«, flüsterte sie, »aber *sie* glaubt ihm nicht.«

»Und die Katze wird mit Sicherheit auch bald wissen, dass wir hier sind«, erwiderte Pod.

Arrietty schauderte. Ihr wurde plötzlich klar, dass die

Katze auf dem Bett geschlafen haben musste, während sie vollkommen ungeschützt an der Tür gestanden hatte.

Pod war eine Weile still und dachte nach. »Ja«, sagte er schließlich, »das ist wirklich eine schlimme Geschichte. Mild Eye muss gestern Abend in der Dämmerung vorbeigekommen sein und nach seinen Fallen gesehen haben … und da hat er seinen Stiefel in unserer Höhle gefunden.«

»Wir hätten den Blättervorhang herunterlassen sollen«, flüsterte Arrietty.

»Das hätten wir tun sollen«, stimmte Pod zu.

»Wir haben noch nicht mal den Stiefel zugeschnürt.«

»Nein«, sagte Pod und seufzte. »Abends Wein: das lass sein. Heißt es nicht so?«, fragte er.

»So ungefähr«, stimmte Arrietty flüsternd zu.

Sie saßen bis zur Hüfte im Staub. »Ekelhaft«, bemerkte Homily und unterdrückte ein Niesen. »Wenn ich diesen Wohnwagen eingerichtet hätte«, murmelte sie, »dann hätte ich den Schrank direkt auf den Boden gesetzt.«

»Aber Gott sei Dank hast du ihn nicht eingerichtet«, bemerkte Pod, als plötzlich ein Schatten unter den Schrank fiel: Die Katze hatte sie nun doch entdeckt.

»Keine Panik«, fuhr er ruhig fort, als Homily erschreckt aufstöhnte, »dieser Schrank ist zu niedrig, wir sind hier sicher.«

»Oh, du meine Güte«, flüsterte Homily, als sie ein glühendes Auge erblickte. Pod drückte ihre Hand, um sie zu beruhigen.

Die Katze schnüffelte den ganzen Spalt entlang, legte sich plötzlich auf die Seite und beäugte sie neugierig. Sie sah ganz freundlich aus und ein bisschen schüchtern, so als wollte sie sie zum Spielen auffordern.

»Sie *wissen* nichts«, flüsterte Homily, wobei sie Katzen im Allgemeinen meinte.

»Du bist ruhig«, flüsterte Pod.

Einige Zeit passierte nichts. Der Sonnenstrahl wanderte langsam über den abgetretenen Teppich, und die Katze lag bewegungslos da und schien zu dösen.

»Nun«, flüsterte Homily nach einer Weile, »irgendwie ist es ganz schön, drinnen zu sein.«

Einmal kam die Frau herein und suchte in einer Schublade nach einem Holzlöffel. Sie nahm den Wasserkessel vom Herd, und sie hörten sie fluchen, als sie sich wieder am Feuer draußen zu schaffen machte. Wenig später fuhr eine beißende Rauchwolke durch die offene Tür in den Wohnwagen hinein, und Arrietty musste husten. Dabei wachte die Katze auf und blinzelte sie mit einem Auge an. Gegen Mittag erreichte sie ein köstlicher Geruch. Eintopf. Als der Wind sich drehte, kam er zu ihnen herein und peinigte sie. Dann zog er wieder ab.

Arrietty fühlte, wie ihr das Wasser im Mund zusammenlief.

»Oh, ich hab solchen *Hunger* ...«, stöhnte sie.

»Ich habe Durst«, sagte Homily.

»Ich habe beides«, sagte Pod. »Jetzt seid still, alle beide«, befahl er. »Schließt eure Augen und denkt an etwas anderes.«

»Aber immer, wenn ich meine Augen schließe«, protestierte Homily, »sehe ich einen Fingerhut voll schönem heißen Tee, oder ich denke an die Teekanne, die wir zu Hause hatten: diese Gallapfelteekanne mit der Federkieltülle.«

»Nun, dann denk daran«, sagte Pod, »daran ist nichts auszusetzen, wenn es dir hilft.«

Schließlich kam der Mann zurück. Er öffnete die Tür und warf ein paar tote Kaninchen auf den Teppich. Er und die Frau aßen ihr Mittagessen auf den Stufen des Wohnwagens, wobei sie den Fußboden als Tisch benutzten.

Jetzt war der Geruch kaum mehr auszuhalten. Er lockte die drei Borger aus ihrem Schatten bis an den äußersten Rand ihres Verstecks. Die Zinnteller, die mit würzigem Eintopf gefüllt waren, standen auf Augenhöhe. Sie hatten einen wunderbaren Blick auf die mehligen Kartoffeln und die dicke Soße. »Oh, du meine

Güte«, murmelte Homily unglücklich, »Fasan, und wie sie ihn zubereitet hat!«

Einmal warf Mild Eye ein Stück Fasan auf den Fußboden. Voller Neid sahen sie der Katze dabei zu, wie sie sich darüber hermachte und die Knochen wie ein Raubtier zermalmte.

»Oh, du meine Güte«, murmelte Homily wieder, »diese Zähne!«

Schließlich stieß Mild Eye seinen Teller von sich. Die Katze starrte interessiert den Haufen abgenagter Knochen an, an denen hier und da noch zartes Fleisch hing. Auch Homily starrte dorthin. Der Teller war beinahe in Reichweite. »Wagst du es, Pod?«, flüsterte sie.

»Nein«, sagte Pod so laut und bestimmt, dass die Katze sich umdrehte und ihn ansah. Herausfordernd blickten sie sich in die Augen. Der Schwanz der Katze begann langsam hin und her zu schwingen.

»Kommt«, hauchte Pod, als die Katze sich duckte, und alle drei krochen in den Schatten zurück. Es war höchste Zeit, denn die Katze schlug zu.

Mild Eye drehte sich hastig um. Er rief der Frau etwas zu, zeigte zum Schrank, und beide bückten sich und blickten über den Teppich ... Arrietty presste sich mit ihren Eltern gegen die Wand und dachte, sie würden ihnen genau in die Augen sehen. Es schien unmöglich, dass sie sie nicht erkennen konnten. »Es ist alles in Ordnung«, sagte Pod mit kaum hörbarer Stimme, »keine Panik – bewegt euch nicht!«

Es herrschte Stille. Sogar die Frau schien nun unsicher geworden zu sein. Die Katze, die am Schrank entlangschlich und daruntersрähte, hatte ihre Neugier geweckt. »Bewegt euch nicht«, flüsterte Pod wieder.

Plötzlich fiel ein Schatten auf den Teppich: Eine dritte Person, stellte Arrietty überrascht fest, erschien im Eingang hinter den gebückten Zigeunern. Jemand, der nicht so groß war wie Mild Eye. Arrietty, die steif zwischen ihren Eltern stand, erkannte drei Knöpfe einer schmutzigen Cordjacke, und als der Träger dieser Jacke sich bückte, sah sie in ein junges Gesicht, das von dunkelblondem Haar umrahmt war. »Was ist los?«, fragte der Junge mit rauer Stimme.

Arrietty sah, dass sich Mild Eyes Gesichtsausdruck veränderte: Er wurde plötzlich verdrossen und misstrauisch. Er drehte sich langsam um und sah den Sprecher an, aber kurz vorher ließ er seine Hand unauffällig über den Wohnwagenboden gleiten und schob die zwei toten Kaninchen aus dem Blickfeld.

»Was ist los, Mild Eye?«, fragte der Junge wieder. »Du siehst aus, als hättest du Gespenster gesehen.« Mild Eye zuckte mit seinen breiten Schultern. »Vielleicht habe ich das«, sagte er.

Der Junge bückte sich wieder und blickte über den Boden, und Arrietty konnte sehen, dass er unter dem Arm ein Gewehr trug. »Es war nicht zufällig ein Frettchen?«, fragte er schelmisch.

Die Frau lachte. »Ein Frettchen!«, rief sie und lachte wieder. »Du bist doch zuständig für Frettchen.« Sie zog ihren Schal fester um die Schultern und ging zum Feuer. »Glaubst du, die Katze würde sich *so* benehmen, wenn es ein Frettchen wäre?«

Der Junge blickte neugierig an der Katze vorbei über den Fußboden, wobei er die Augen zusammenkniff, um an der hin- und herschleichenden Katze vorbei in den Schatten zu gucken.

»Er meint, da unten wären ein paar Zwerge«, erklärte ihm die Frau, »bis an die Zähne bewaffnet – so behauptet er jedenfalls«, und wieder schüttete sie sich aus vor Lachen.

Der Junge lachte nicht. Sein Gesichtsausdruck blieb unverändert. Ruhig starrte er in den Spalt unter dem Schrank. »Bis an die Zähne bewaffnet«, wiederholte er, und nach einem Moment fragte er: »Und es sind nur zwei?«

»Wie viele hättest du denn gern?«, fragte die Frau.

»Ein halbes Dutzend? Ein Paar ist doch genug, oder nicht?«

»Und was habt ihr mit ihnen vor?«, fragte der Junge.

»Was wir mit ihnen vorhaben?«, wiederholte die Frau und starrte den Jungen verständnislos an.

»Ich meine, wenn ihr sie gefangen habt?«

Die Frau warf ihm einen seltsamen Blick zu, als zweifle sie an seinem Verstand. »Aber da ist doch gar nichts«, sagte sie ihm.

»Aber ihr habt doch gerade gesagt ...«

Die Frau lachte, halb ärgerlich, halb erschrocken. »Mild Eye sieht sie – ich nicht. Jedenfalls behauptet er, dass er sie sieht. Aber da ist nichts, sage ich dir.«

»Ich hab sie gesehen«, sagte Mild Eye. Er spreizte seinen Daumen und Zeigefinger. »So groß, sage ich, ein bisschen wie ein Mann und eine Frau sahen sie aus.«

»Kann ich mal gucken?«, fragte der Junge, der immer noch auf den Stufen stand. Er legte sein Gewehr nieder, und Arrietty sah, dass er seine Hand in die Tasche steckte. Seine Bewegung war so verstohlen, dass Arrietty das Blut aus dem Herzen wich. »Oh«, keuchte sie und krallte sich in Pods Ärmel.

»Was ist?«, flüsterte Pod und beugte sich zu ihr.

»In seiner Tasche«, stammelte Arrietty, »da ist etwas Lebendiges in seiner Tasche!«

»Ein Frettchen!«, schrie Homily und vergaß zu flüstern. »Es ist aus mit uns!«

»Psst«, drängte Pod. Der Junge hatte etwas gehört. Er ließ sich auf der obersten Stufe nieder, lehnte sich vor und blickte über den verblichenen Teppich. Pod hatte gesehen, wie sich seine Augen bei Homilys Schrei geweitet hatten. Sein Gesicht hatte einen wachsamen Ausdruck angenommen.

»Wozu sollen wir noch flüstern?«, beschwerte sich Homily, senkte aber trotzdem ihre Stimme. »Es ist um uns geschehen. Wir können genauso gut singen.«

»Psst«, sagte Pod wieder.

»Wie willst du sie denn da rausholen?«, fragte der Junge, den Blick auf den Spalt geheftet. Seine rechte Hand, sah Arrietty, steckte immer noch in seiner Tasche.

»Ganz einfach«, erklärte Mild Eye. »Ich leer den Schrank aus und heb den Boden hoch.«

»Siehst du?«, flüsterte Homily beinahe triumphierend, »es ist ganz egal, was wir jetzt tun!«

Pod gab auf. »Dann sing doch«, schlug er schwach vor.

»Der Boden vom Schrank ist doch festgenagelt, oder?«, fragte der Junge.

»Nein«, sagte Mild Eye. »Ich hab ihn schon mal wegen der Ratten rausgenommen. Man kann ihn in einem Stück hochheben.«

Der Junge blickte mit gesenktem Kopf in den Spalt. Arrietty konnte ihm direkt in die Augen sehen: Es waren nachdenkliche Augen, sanft und blau. »Angenommen, du fängst sie«, fuhr der Junge fort, »was dann?«

»Was dann?«, wiederholte Mild Eye verständnislos.

»Was willst du mit ihnen machen?«

»Mit ihnen machen? Sie einsperren. Was sonst?«

»Worin?«

»Hier drin.« Mild Eye tickte an den Vogelkäfig, der leicht hin und her schwang. »Worin sonst?«

(»Wahrscheinlich will er uns auch noch mit Körnern füttern«, flüsterte Homily.)

»Willst du sie behalten?«, fragte der Junge, seine Augen immer noch auf den schattigen Spalt gerichtet.

»Sie behalten! Nee! Verkaufen!«, rief Mild Eye. »Das wirft 'ne gute Stange Geld ab – komplett mit Käfig.«

»Oh, du meine Güte«, wimmerte Homily.

»Ruhig«, keuchte Pod, »lieber der Käfig als das Frettchen.«

Nein, dachte Arrietty, lieber das Frettchen.

»Mit was würdest du sie füttern?«, fragte der Junge. Er schien Zeit gewinnen zu wollen.

Mild Eye lachte geduldig. »Mit allem Möglichen. Mit irgendwelchen Resten ...«

(»Hast du das gehört?«, flüsterte Homily wütend.

»Nun, heute war es Fasan«, erinnerte sie Pod, aber er war froh, dass sie wütend war. Wut machte sie tapfer.)

Mild Eye war jetzt ganz in den Wohnwagen gestiegen und verdunkelte den Innenraum. »Rutsch rüber«, sagte er zu dem Jungen, »wir müssen an den Schrank rankommen.«

Der Junge rutschte – es war nur ein angedeutetes Rutschen. »Was ist mit der Katze?«, fragte er.

»Das stimmt«, sagte Mild Eye, »die Katze sollte besser draußen bleiben. Komm, Tiger ...«

Aber es schien, dass die Katze ebenso stur war wie der Junge und sein Interesse für Borger teilte. Sie wand sich aus Mild Eyes Händen, sprang auf das Bett und lief darüber zum Schrank. Arrietty konnte dies an dem Geräusch über ihrem Kopf hören. Mild Eye kam hinter ihr her; sie sahen seine großen Füße dicht vor dem Spalt – da stand ihr Stiefel mit dem Flicken, den Pod draufgenäht hatte! Es war kaum zu glauben, dass jemand ihn am Fuß trug, noch dazu der feindliche Fuß von Mild Eye.

»Bring sie lieber raus zu deiner Madam«, schlug der Junge vor, und Mild Eye griff nach der Katze, »wenn sie nicht festgehalten wird, läuft sie gleich wieder rein.«

»Wag es nicht«, warnte Homily kaum hörbar.

Pod sah sie erstaunt an. »Mit wem sprichst du?«, fragte er flüsternd.

»Mit ihm – Mild Eye. Sobald er diesen Wohnwagen verlässt, wird uns der Junge sein Frettchen auf den Hals jagen.«

»Nun hör mal ...«, fing Pod an.

»Denk an meine Worte«, fuhr Homily in einem schreckerfüllten Flüsterton fort. »Ich weiß jetzt, wer er ist. Mir ist es wieder eingefallen: Es ist der kleine Tom Goodenough. Ich habe oft gehört, wie sie oben über ihn gesprochen haben, zu Hause, unter dem Küchenfußboden. Und es würde mich nicht wundern, wenn er es war, den wir am Fenster gesehen haben – als wir flüchteten, weißt du? Du kannst Gift drauf nehmen, dass er darauf rechnet, uns das Frettchen ...«

»Sei still, Homily!«, drängte Pod.

»Warum? Himmel, sie wissen doch, dass wir hier sind! Leise oder laut, was interessiert das ein Frettchen?«

Mild Eye fluchte plötzlich, als hätte ihn die Katze gekratzt. »Bring sie ganz raus«, sagte der Junge wieder, »und pass auf, dass sie sie festhält.«

»Reg dich nicht auf«, sagte Mild Eye, »wir können die Tür zumachen.«

»Das wär aber nicht gut«, sagte der Junge, »die obere Hälfte können wir nicht schließen. Wir brauchen das Licht.«

Mild Eye zögerte im Eingang. »Fass nichts an«, sagte er und polterte dann die Stufen hinunter. Unten schien er auszurutschen – die Borger hörten ihn fluchen. »Dieser verdammte Stiefel«, hörten sie ihn sagen, und irgendetwas über den Absatz.

»Alles in Ordnung?«, rief der Junge gleichgültig. Die Antwort war ein Fluch.

»Halt dir die Ohren zu«, flüsterte Homily Arrietty zu. »Oh, du meine Güte, hast du etwa gehört, was er gesagt hat?«

»Ja«, sagte Arrietty gehorsam, »er hat gesagt ...«

»Oh, du schlimmes ungezogenes Mädchen!«, rief Homily ärgerlich, »schäm dich, dass du hingehört hast!«

»Still, Homily«, bat Pod wieder.

»Weißt du, was passiert ist, Pod?«, flüsterte Homily aufgeregt. »Der Absatz vom Stiefel ist abgegangen. Was habe ich dir gesagt, im Graben, als du die Nägel herausziehen wolltest?« Für einen kurzen Moment vergaß sie ihre Angst und kicherte.

»Seht!«, hauchte Arrietty plötzlich und griff nach der Hand ihrer Mutter. Sie sahen.

Der Junge stützte sich auf den Ellenbogen und beugte sich zu ihnen herunter. Sein Blick war fest auf den Spalt zwischen Schrank und Fußboden geheftet, und mit der rechten Hand tastete er noch immer in seiner

Tasche, einer tiefen ausgebeulten Tasche, wie Förster sie haben.

»Oh, du meine …«, murmelte Homily, als Pod ihre Hand nahm.

»Schließ deine Augen«, sagte Pod. »Es hat keinen Zweck zu rennen. Ein Frettchen schlägt schnell zu.«

Es gab eine Pause, angespannt und feierlich, während die drei Herzen wild schlugen. Homily brach die Stille.

»Ich habe versucht, dir eine gute Frau zu sein, Pod«, sagte sie weinerlich, ein Auge gehorsam geschlossen, das andere vorsichtig geöffnet.

»Du warst erste Klasse«, sagte Pod, die Augen auf den Jungen geheftet. Im Gegenlicht war es nur schwer zu erkennen, aber irgendwas bewegte sich in seiner Hand: ein Wesen, das er aus seiner Tasche geholt hatte.

»Ein bisschen unfreundlich manchmal«, fuhr Homily fort.

»Das macht jetzt nichts mehr«, sagte Pod.

»Es tut mir leid, Pod«, sagte Homily.

»Ich verzeihe dir«, sagte Pod abwesend. Ein großer Schatten fiel jetzt auf den Teppich: Mild Eye kam wieder die Stufen hinauf. Pod sah, dass die Frau hinter ihm herschlich und die Katze im Schal eingewickelt hielt.

Der Junge fuhr nicht zusammen und drehte sich nicht

um. »Lauft in meine Tasche …«, sagte er ruhig, den Blick auf den Spalt geheftet.

»Was war das?«, fragte Mild Eye überrascht.

»Lauft in meine Tasche«, wiederholte der Junge, »hört ihr nicht, was ich sage?« Und plötzlich ließ er das Ding in seiner Hand auf dem Teppich los.

»Oh, du meine Güte«, rief Homily und klammerte sich an Pod.

»Was ist das?«, fragte sie nach einer Weile und öffnete plötzlich beide Augen. Es war ein lebendiges Wesen, aber sicherlich kein Frettchen, zu langsam, zu hager, zu aufrecht, zu …

Arrietty stieß einen jubelnden Schrei aus: »Es ist Spiller!«

»Was?«, rief Homily beinahe verärgert, sie fühlte sich ausgetrickst, wenn sie an ihre feierlichen »Letzten Worte« dachte.

»Es ist Spiller«, trällerte Arrietty wieder, »Spiller, Spiller, Spiller!«

»Sieht ziemlich albern aus«, bemerkte Homily. Und tatsächlich sah er ziemlich merkwürdig aus, so ausstaffiert in seinen steifen neuen Kleidern. Wie eine Wurst, aber bald würde er sie weich getragen haben.

»Worauf wartet ihr?«, fragte Spiller. »Ihr habt gehört, was er gesagt hat. Kommt jetzt, bewegt euch, los!«

»Dieser Junge«, rief Homily aus, »hat er etwa mit uns gesprochen?«

»Mit wem sonst?«, fragte Spiller schnippisch. »Mild Eye will er nicht in die Tasche stecken. Kommt jetzt.«

»In seine Tasche!«, flüsterte Homily entsetzt. Sie wandte sich an Pod. »Lasst uns das mal klarstellen: Der kleine Tom Goodenough will, dass ich« – sie klopfte sich auf die Brust – »hier rauslaufe, ins Freie, dass ich über sein Hosenbein renne bis zur Hüfte rauf und brav und ruhig in seine Tasche schlüpfe?«

»Nicht nur du«, erklärte Pod, »wir alle.«

»Er ist verrückt«, stellte Homily fest und presste ihre Lippen aufeinander.

»Jetzt sieh mal, Homily ...«, fing Pod an.

»Eher sterbe ich«, versicherte Homily ihm.

»Genau das wirst du tun«, sagte Pod.

»Erinnerst du dich an den Klammerbeutel?«, fragte sie ihn. »Ich konnte es nicht, Pod. Und wo wird er uns hinbringen? Sag mir das!«

»Woher soll ich das wissen?«, rief Pod. »Jetzt komm, Homily, du tust jetzt, was er sagt, sei mein tapferes altes Mädchen. Nimm sie beim Handgelenk, Spiller, sie muss mit! Fertig, Arrietty? Los jetzt!«

Und plötzlich liefen sie los, alle vier – hinaus ins Freie.

Kapitel neunzehn

DAS GLÜCK IST MIT DEN TAPFEREN
1864: Beginn des Marsches von Sherman an die Küste
Auszug aus Arriettys Tagebuch mit Sprichwörtern vom 13. November

Die Frau schrie, als sie die vier erblickte. Sie ließ die Katze fallen und rannte in Richtung Hauptstraße, als sei der leibhaftige Teufel hinter ihr her. Auch Mild Eye war völlig verstört. Er fiel auf sein Bett und hob dabei seine Füße hoch, als brause eine giftige Flut über seinen Teppich. Die Katze, durch den Tumult schon halb verrückt, machte einen panischen Satz auf den Kaminsims und warf dabei zwei Becher, ein gerahmtes Foto und einen Strauß Papierrosen hinunter.

Pod und Arrietty kletterten allein über die Falten der Hose hinauf bis zur Hüfte, aber der arme Spiller, der an der protestierenden Homily zog und zerrte, wurde hochgehoben und in die Tasche gesteckt. Einen schrecklichen Moment lang hing Homily an Spillers Handgelenk frei in der Luft; dann griffen die Finger des Jungen

schnell nach ihr und beförderten sie in die Tasche. Gerade noch rechtzeitig, denn Mild Eye, der sich von seinem ersten Schreck erholt hatte, streckte ebenfalls seine Hand nach ihr aus und verfehlte sie nur um Millimeter. (»Er hätte uns einfach auseinandergerissen«, sagte Homily später, »wie zwei Bananen!«) Tief in der Tasche hörte sie, wie er wütend sagte: »Jetzt hast du vier Stück. Komm, fair ist fair: Gib mir die ersten zwei wieder!«

Sie wussten nicht, was dann passierte. Alles war dunkel und ein einziges Durcheinander. Es fand ein Gerangel statt, man hörte heftiges Atmen, gemurmelte Flüche, und die Tasche schwang hin und her. Dann konnten sie an den Stößen merken, dass der Junge losrannte. Mild Eye schrie hinter ihm her und verfluchte seinen absatzlosen Stiefel. Sie hörten, wie seine Schreie immer leiser wurden, und sie hörten das Knachen von brechenden Zweigen, als der Junge durch die Hecke brach.

Sie sprachen nicht in der Tasche. Alle vier fühlten sich zu benommen. Schließlich wischte sich Pod, der völlig verdreht in einer Ecke lag, die Fusseln vom Mund. »Geht's dir gut, Homily?«, keuchte er. Homily, die fest zwischen Arrietty und Spiller eingekeilt war, konnte ihm nicht antworten. Pod hörte ein leises Quieken. »Mein Bein ist ganz taub«, sagte Homily unglücklich.

»Es ist doch nicht gebrochen, oder?«, fragte Pod ängstlich.

»Ich kann nichts fühlen«, sagte Homily.

»Kannst du es bewegen?«, fragte Pod.

Man hörte Spiller kurz aufschreien, als Homily »nein« sagte.

»Wenn es das Bein ist, in das du gerade kneifst«, bemerkte Spiller, »dann ist es kein Wunder, dass du es nicht bewegen kannst.«

»Woher weißt du das?«, fragte Homily.

»Weil es meins ist«, sagte er.

Die Schritte des Jungen verlangsamten sich. Er schien einen Hügel hinaufzugehen. Nach einer Weile setzte er sich. Die große Hand senkte sich langsam in die Tasche herab. Homily begann zu wimmern, aber die Finger glitten an ihr vorbei: Sie suchten nach Spiller. Die Jacke wurde herumgezogen und die Lasche der Tasche aufgehalten, so dass der Junge sie sehen konnte. »Alles in Ordnung, Spiller?«, fragte er.

Spiller grunzte.

»Wer ist Homily?«, fragte der Junge.

»Die so viel redet«, sagte Spiller. »Das hab ich dir doch erzählt.«

»Alles in Ordnung, Homily?«, fragte der Junge.

Homily sprach vor lauter Angst kein Wort.

Die großen Finger senkten sich wieder herab und glitten in die Tasche. Spiller stand jetzt breitbeinig da, seinen Rücken an die eine Taschennaht gelehnt. »Lass sie in Ruhe!«, rief er kurz.

Die Finger hielten in ihrer Bewegung inne. »Ich wollte nur sehen, ob es ihnen gutgeht«, sagte der Junge.

»Es geht ihnen gut«, sagte Spiller.

»Ich möchte sie rausholen«, fuhr der Junge fort. »Ich möchte sie mir ansehen.« Er spähte nach unten in die offene Tasche. »Ihr seid doch nicht tot, oder?«, forschte er ängstlich. »Keiner von euch ist tot, oder?«

»Wie könnten wir darauf antworten, wenn wir tot wären?«, murmelte Homily verärgert.

»Lass sie in Ruhe«, sagte Spiller wieder. »Draußen ist es kalt. Du willst doch nicht, dass sie sich erkälten, oder? Du wirst sie noch oft genug sehen«, versicherte er dem Jungen, »wenn du erst mal zu Hause bist.«

Die Finger zogen sich zurück, und sie waren wieder im Dunkeln. Es gab ein Schaukeln, und der Junge stand auf. Pod, Homily und Arrietty rutschten bis zum anderen Ende der Tasche. Sie war voller trockener Brotkrumen, spitz und hart wie Beton. »Au!«, rief Homily unglücklich. Arrietty bemerkte, dass Spiller zwar auf seinen Füßen schwankte, es aber schaffte stehenzubleiben. Sie vermutete, dass er nicht das erste Mal in dieser Tasche unterwegs war. Der Junge ging nun wieder, und die Jacke schwang in einem gleichmäßigeren Rhythmus. »Bald werde ich auch so stehen können«, dachte Arrietty.

Pod brach versuchsweise ein Stück von einem harten Brotkrumen ab, das nach geduldigem Lutschen langsam weich wurde. »Ich nehme auch davon«, sagte Homily und streckte ihre Hand aus. Sie hatte sich etwas erholt und bekam wieder Hunger.

»Wohin bringt er uns?«, fragte sie Spiller nach einer Weile.

»Um den Wald herum und über den Hügel.«

»In das Haus, in dem er mit seinem Großvater lebt?«

»Genau«, sagte Spiller.

»Ich habe noch nicht viel über Förster gehört«, sagte Homily, »auch nicht, was sie normalerweise mit – zum Beispiel mit einem Borger tun. Und was er für ein Junge ist. Ich meine«, fuhr sie mit besorgter Stimme fort, »meine Schwiegermutter hatte einmal einen Onkel, der wurde in einer Blechschachtel mit vier Löchern gehalten und zweimal am Tag mit einem Augentropfer gefüttert.«

»So einer ist er nicht«, sagte Spiller.

»Was ist denn ein Augentropfer?«, fragte Pod. Er hielt es für ein seltsames Handwerk oder einen Beruf.

»Dann war da Lupys Cousin Oggin, weißt du noch?«, fuhr Homily fort. »Sie bauten ihm eine richtige kleine Welt auf dem Boden einer alten Zinkwanne im Schuppen, mit Gras, einem Teich und allem. Und sie gaben ihm einen Wagen zum Herumfahren und eine Eidechse zur Gesellschaft. Aber die Wände der Badewanne waren steil und schlüpfrig. Sie wussten, dass er nicht rauskonnte.«

»Lupy?«, wiederholte Spiller erstaunt. »Gibt es noch eine mit diesem Namen?«

»Diese hat jedenfalls meinen Bruder Hendreary geheiratet«, sagte Homily. »Warum?«, rief sie plötzlich aufgeregt aus, »kennst du sie etwa?!«

Die Tasche hatte aufgehört zu schaukeln. Sie hörten ein metallisches Geräusch und das Quietschen eines Riegels.

»Allerdings kenne ich sie«, flüsterte Spiller. »Sie näht mir meine Wintersachen.«

»Still«, drängte Pod. »Wir sind da.« Er hatte das Geräusch einer aufgehenden Tür gehört und nahm den Geruch des Hauses wahr.

»Du kennst *Lupy*?«, beharrte Homily und bemerkte nicht einmal, dass es in der Tasche noch dunkler geworden war. »Aber was macht sie denn jetzt? Und wo wohnen sie, sie und Hendreary? Wir dachten, sie seien von Füchsen gefressen worden, die Kinder und alle.«

»Ruhig, Homily«, sagte Pod wieder. Seltsame Bewegungen waren zu spüren, Türen wurden geöffnet und geschlossen. Der Junge bewegte sich nun so vorsichtig, dass die Tasche ganz ruhig hing.

»Sag es uns, Spiller, schnell«, fuhr Homily fort, aber sie senkte ihre Stimme gehorsam zu einem Flüstern. »Du musst es wissen! Wo wohnen sie jetzt?«

Spiller zögerte – im Dämmerlicht schien er zu lächeln.

»Sie wohnen hier«, sagte er.

Der Junge kniete sich hin.

Als die Finger sich wieder zu ihnen heruntersenkten, stieß Homily einen Schrei aus. »Es ist alles in Ordnung«, flüsterte Pod, als sie zwischen den Brotkrumen zurückwich. »Behalt jetzt die Nerven. Irgendwann müssen wir ja mal aus der Tasche raus.«

Spiller ging zuerst. Elegant auf einem Finger reitend segelte er von dannen, ohne sich auch nur umzudrehen. Dann war Arrietty dran. »Oh, du meine Güte«, murmelte Homily, »wohin werden sie uns nur bringen?«

Pod war als Nächster dran, aber Homily ging mit ihm. Sie sprang im letzten Moment an Bord, indem sie unter den Daumen kroch. Sie hatte kaum Zeit, sich schwindelig zu fühlen (es war dieses Durch-die-Luft-Zischen, vor dem sich Homily immer gefürchtet hatte), so sanft und vorsichtig wurden sie auf den Boden gesetzt.

Ein schwacher Feuerschein beleuchtete die kleine Gruppe, als sie neben dem Herd vor einer hohen Holzwand standen: Es war, wie sie später herausfanden, die Wand einer Kiste mit Holzscheiten. Verängstigt drängten sie sich dicht aneinander und unterdrückten ihren Wunsch davonzulaufen. Spiller war verschwunden.

Der Junge kniete turmhoch über ihnen, wie ein riesiger Berg. Der Feuerschein flackerte auf seinem Gesicht, das sich zu ihnen hinunterbeugte, und sie konnten seinen Atem spüren.

»Es ist alles in Ordnung«, versicherte er ihnen, »jetzt seid ihr sicher.« Er betrachtete sie mit größtem Interesse, wie ein Sammler eine neue Spezies betrachtet. Seine Hand schwebte über ihnen, als dränge es ihn, sie zu berühren und einen von ihnen hochzuheben, um ihn genauer zu untersuchen.

Pod räusperte sich nervös. »Wo ist Spiller?«, fragte er.

»Er kommt gleich wieder«, sagte der Junge. Nach einer Weile fügte er hinzu: »Jetzt habe ich sechs.«

»Sechs was?«, fragte Homily nervös.

»Sechs Borger«, sagte der Junge. »Ich schätze, ich habe die beste Borgersammlung in zwei Grafschaften.

Und«, fügte er hinzu, »mein Großvater hat noch keinen einzigen davon gesehen. Seine Augen sind noch gut, aber er hat noch nie einen Borger gesehen.«

Pod räusperte sich wieder. »Das ist auch nicht nötig.«

»Ein paar habe ich hier drin«, der Junge deutete mit seinem Kopf in Richtung Holzkiste, »die sehe ich auch nie. Sie haben Angst. Manche Leute sagen, man kann sie niemals zähmen. Man kann sie mit Geschenken überhäufen, sagt man, aber sie kommen nie raus und leisten einem Gesellschaft.«

»Ich würde schon«, sagte Arrietty.

»Benimm dich gefälligst«, schnappte Homily erschrocken.

»Spiller auch«, sagte Arrietty.

»Spiller ist anders«, antwortete Homily mit einem nervösen Blick auf den Jungen. Spiller, dachte sie, war wohl der Verwalter des Jungen, der Verbindungsmann zu seiner seltenen Sammlung.

»Da kommt er«, sagte Arrietty und blickte zur Holzkiste.

Lautlos näherte er sich ihnen.

»Sie will nicht rauskommen«, sagte Spiller zu dem Jungen.

»Oh«, rief Homily, »meint er etwa Lupy?!«

Niemand antwortete. Spiller stand wortlos da und

blickte hinauf in das Gesicht des Jungen. Der Junge runzelte nachdenklich die Stirn. Er schien enttäuscht zu sein. Wieder betrachtete er die kleine Gruppe von Kopf bis Fuß, als fiele es ihm schwer, sie gehen zu lassen. Er seufzte. »Dann nimm sie mit rein«, sagte er.

Kapitel zwanzig

WER SUCHET, DER FINDET
1497: Vasco da Gama umrundet das Kap der Guten Hoffnung
Auszug aus Arriettys Tagebuch mit Sprichwörtern vom 20. November

Sie schlüpften ein wenig nervös und schüchtern durch die gotische Öffnung in der Wandtäfelung. Drinnen war es so dunkel wie in einer Höhle. Überraschenderweise schien diese unbewohnt zu sein und roch nach Staub und Mäusen. »Oje«, murmelte Homily ungläubig, »und hier sollen sie wohnen?« Plötzlich bückte sie sich und hob etwas vom Fußboden auf. »Du meine Güte«, flüsterte sie Pod aufgeregt zu, »weißt du, was das hier ist?« Sie fuchtelte damit vor seiner Nase herum.

»Ja«, sagte Pod, »es ist ein Stück Pfeifenreiniger. Leg es wieder hin, Homily, und komm jetzt. Spiller wartet auf uns.«

»Es ist die Tülle von unserer alten Gallapfelteekanne«, beharrte Homily, »genau das ist es. Ich würde sie immer wiedererkennen, da kann mir niemand etwas erzählen.

Also wohnen sie wirklich hier«, grübelte sie ungläubig, als sie Pod in die Dunkelheit folgte, wo Spiller und Arrietty warteten.

»Wir gehen hier rauf«, sagte Spiller, und Homily sah, dass er neben einer Leiter stand. Als sie die Sprossen hinaufblickte und sie über sich in der Dunkelheit verschwinden sah, erschauderte sie. Die Leiter war aus Streichhölzern gebaut und die Sprossen sauber an zwei Stöcke geleimt worden, wie sie Gärtner zum Stützen von Topfpflanzen benutzen.

»Ich gehe zuerst«, sagte Pod. »Wir gehen besser nacheinander.« Homily folgte ihm ängstlich mit den Augen, bis sie seine Stimme von oben hörte.

»Alles in Ordnung«, flüsterte er aus unsichtbaren Sphären, »kommt rauf.«

Homily stieg ihm mit zitternden Knien nach und erklomm schließlich neben Pod eine schwach beleuchtete Plattform. Diese sah wie eine schwebende Landungsbrücke aus und quietschte leicht, als Homily sie betrat. Fast schien sie zu schwingen. Unter der Plattform lag Dunkelheit, doch weiter oben sah Homily eine geöffnete Tür. »Oh, du meine Güte«, murmelte sie, »ich hoffe, die Leiter hält. Sieh nicht runter«, riet sie Arrietty, die als Nächste hinaufkletterte.

Aber Arrietty verspürte gar keine Lust, nach unten zu

sehen. Sie blickte nur auf die erhellte Tür und auf die Schatten, die sich hinter ihr bewegten. Sie hörte das schwache Murmeln von Stimmen und ein helles Lachen.

»Kommt«, sagte Spiller, glitt an Arrietty vorbei und ging auf die Tür zu.

Niemals vergaß Arrietty diesen Moment: die Wärme, die plötzliche Sauberkeit, der blinkende Kerzenschein und der Geruch von gekochtem Essen …

Und dann die vielen Stimmen … die vielen Leute … Benommen begann sie langsam, die einen von den anderen zu unterscheiden: Die Person, die dort ihre Mutter umarmte, musste Tante Lupy sein. Lupy, die so rund und rotbackig aussah, dass ihre Mutter noch magerer und schmutziger erschien. Warum fielen sie sich alle um den Hals und weinten und drückten einander die Hände?, fragte sie sich. Sie hatten einander nie gemocht, das wusste doch die ganze Welt! Homily hielt Lupy für eingebildet, weil sie damals im großen Haus im Wohnzimmer gewohnt und sich zum Abendessen immer umgezogen hatte. Und Lupy rümpfte die Nase über Homily, weil sie unter der Küche wohnte und Parkett nicht »Par-r-r-kee« aussprach.

Und da stand Onkel Hendreary. Sein Bart war schütter geworden, und er sagte gerade zu ihrem Vater, dass dies niemals Arrietty sein könne, und ihr Vater erklärte Onkel

Hendreary stolz, dass sie es eben doch war. Das dort drüben mussten ihre drei Cousins sein, deren Namen sie nicht verstanden hatte. Sie waren unterschiedlich groß, glichen sich äußerlich aber wie ein Ei dem anderen. Und dieses schlanke, große, alterslose feenartige Wesen, das sich schüchtern im Hintergrund hielt und unsicher lächelte, wer war das?

Homily schrie auf und schlug die Hände zusammen, als sie sie entdeckte. »Das kann doch nicht Eggletina sein!«

Offensichtlich doch. Auch Arrietty starrte sie an und fragte sich, ob sie richtig gehört hatte: Eggletina, die verschollene Cousine, die eines schönen Tages davongelaufen und niemals wieder gesehen worden war? Für Arrietty war sie zu einer Art Legende geworden, eine Warnung für ihr ganzes Leben. Nun, hier war sie, gesund und munter, es sei denn, sie alle träumten.

Und vielleicht taten sie das.

Das Zimmer schien irgendwie unwirklich. Es war mit Puppenmöbeln jeglicher Form und Größe vollgestopft, und kein Möbelstück passte zum anderen. Es gab mit Rips oder Samt bezogene Stühle, von denen einige zu klein waren, um darauf zu sitzen, andere dagegen zu steil und zu groß. Es gab Schränke, die zu hoch, und Beistelltische, die zu niedrig waren. Und es gab einen

Spielzeugkamin mit bemalten Kohlen aus Gips, dessen Kaminbesteck unlösbar mit dem Kamingitter verleimt worden war.

Es gab zwei aufgemalte Fenster mit ebenso gemalten roten Satinvorhängen und einer gemalten Aussicht. Das eine zeigte eine Schweizer Berglandschaft, das andere eine schottische Hochlandszenerie. (»Eggletina hat sie gemalt«, prahlte Lupy mit ihrer satten High-Society-Stimme. »Wir bekommen noch eine dritte Aussicht, sobald wir die Vorhänge kriegen: den Blick vom Monte S. Primo auf den Comer See.«) Es gab Tischlampen und Stehlampen mit Volants, Girlanden und Quasten, doch das Licht im Zimmer kam von schlichten, bescheidenen Kerzenstummeln, wie sie sie auch zu Hause gehabt hatten.

Alle sahen außergewöhnlich sauber aus, und Arrietty fühlte sich noch unwohler in ihrer Haut. Sie warf einen Blick auf ihren Vater und ihre Mutter, aber das beruhigte sie erst recht nicht: Ihre Kleider waren seit Wochen nicht gewaschen worden und ihre Hände und Gesichter seit Tagen nicht. Pods Hose hatte am Knie einen Riss, und Homilys Haare hingen strähnig herab. Und nun kam die mollige höfliche Tante Lupy und bat Homily mit einer Stimme, die sie wahrscheinlich sonst, dachte Arrietty, für Federboas, Theatermäntel und frisch gereinigte weiße Glacéhandschuhe reservierte, doch ihre Sachen »abzulegen«.

Aber Homily, deren größte Angst es zu Hause gewesen war, mit einer fleckigen Schürze »erwischt« zu werden, wusste es nun besser. Sie hatte, wie Pod und Arrietty voller Stolz bemerkten, ihre Frau-die-entsetzlich-gelitten-hat-Rolle angenommen, die sie durch eine Ja-ich-habe-gelitten-aber-lasst-uns-nicht-mehr-davon-sprechen-Rolle ergänzte. Sie hatte ein neues Lächeln aufgesetzt, schwach, aber tapfer, und aus demselben Grund auch ihre letzten zwei Haarnadeln aus ihren staubigen Haaren gefischt. »Arme, liebe Lupy«, sagte sie und sah sich erschöpft um, »was für eine Menge Möbel! Wer hilft dir bloß beim Staubwischen?« Und leicht schwankend sank sie auf einen Stuhl.

Wie sie erwartet hatte, liefen alle erschrocken zu ihr hin, um ihr zu helfen. Wasser wurde gebracht, und sie wuschen sich Gesicht und Hände. Hendreary hatte verwandtschaftliche Anteilnahme in den Augen. »Die arme gehetzte Seele«, murmelte er und schüttelte den Kopf, »mir dreht sich alles, wenn ich daran denke, was sie durchgemacht hat …«

Nachdem sie sich gewaschen, den Staub von den Kleidern gebürstet und die Augen getrocknet hatten, setzten sie sich alle zum Essen in die Küche an den Tisch. Die

Küche war eher eine Enttäuschung, abgesehen davon, dass es hier ein echtes Feuer gab. Eine großartige Kochfläche war aus einem großen schwarzen Türschloss hergestellt worden, und sie schürten das Feuer durch das Schlüsselloch, welches sehr hübsch glühte. Der Rauch, so wurde ihnen erklärt, zog über ein Rohrsystem durch den Hauptschornstein ab. Der lange weiße Tisch war reich gedeckt. Es war ein Türschoner von einer alten Wohnzimmertür aus dem 18. Jahrhundert, weiß emailliert und mit Vergissmeinnicht bemalt. Er stand fest auf vier Bleistiftstummeln, und die Spitzen der Stifte kamen dort, wo einmal die Schrauben gesteckt hatten, durch die Tischplatte durch. Einer der Stummel war von einem Kopierstift, und man riet ihnen, nicht dagegenzukommen, wenn sie sich nicht schmutzig machen wollten.

Es gab jede Art von Gericht und Eingemachtes, sowohl echte wie künstliche Speisen – Pies, Puddings und eingemachte Früchte –, alles von Lupy zubereitet, sowie eine nachgemachte Lammkeule und einen Teller mit Gipstörtchen, die aus dem Puppenhaus geborgt waren. Es gab drei echte Becher sowie Tassen aus Eicheln und einige grüne Weingläser.

Sie redeten und redeten und redeten. Arrietty fühlte sich erschöpft. Sie erfuhr nun, warum sie von den Hendrearys erwartet worden waren: Spiller hatte ihre Höhle ohne den Stiefel und dessen Bewohner angetroffen, hatte ihre wenige Habe gerettet, war dann zu dem kleinen Tom gelaufen und hatte ihm alles erzählt. Als über diese Person gesprochen wurde, fühlte Lupy sich plötzlich etwas schwach und musste den Tisch verlassen. Sie saß eine Weile im Nachbarzimmer auf einem vergoldeten Stuhl, der genau in der Türflucht stand – »an der frischen Luft«, wie sie sagte –, und fächelte sich mit einer Lerchenfeder Kühlung zu. »Mutter geht es immer so mit Menschen«, erklärte der älteste Cousin. »Es hat gar keinen Sinn, ihr zu erklären, dass Tom ganz zahm ist und keiner Fliege was zuleide tun kann!«

»Man kann nie wissen«, sagte Lupy düster aus ihrem Stuhl in der Türflucht. »Er ist beinahe erwachsen! Und dann, sagt man, fangen sie an, gefährlich zu werden.«

»Lupy hat recht«, stimmt Pod zu, »ich habe ihnen auch nie getraut.«

»Oh, wie kannst du das sagen?!«, rief Arrietty. »Denk doch daran, wie er uns den Klauen des Todes entrissen hat!«

»Entrissen?«, rief Lupy aus dem Nachbarzimmer, »du meinst – *mit seinen Händen*?«

Homily lachte ihr kurzes tapferes Lachen, während

sie teilnahmslos ein Stück Himbeere auf ihrem glatten Teller verfolgte.

»Ach«, zuckte sie mit den Schultern, »es war gar nichts.«

»Oh, du meine Güte«, stammelte Lupy schwach, »oh, du armes Ding. Man stelle sich das vor! Ich glaube«, fuhr sie fort, »falls ihr mich entschuldigt, werde ich mich etwas hinlegen.« Sie hievte ihr Gewicht aus dem kleinen Stuhl, der hin- und herschaukelte, als sie sich erhob.

»Woher hast du die ganzen Möbel, Hendreary?«, fragte Homily und erholte sich plötzlich, da Lupy nun weg war.

»Sie wurden geliefert«, erklärte ihr Bruder, »in einem weißen Kopfkissenbezug. Irgendjemand aus dem Haus hat sie uns gebracht.«

»Aus unserem Haus?«, fragte Pod.

»Ganz ohne Zweifel«, sagte Hendreary. »Es sind alles Möbel aus dem alten Puppenhaus, das oben im Schulzimmer stand. Auf dem obersten Bord vom Spielzeugschrank, rechts neben der Tür.«

»Natürlich erinnere ich mich«, sagte Homily, »weil nämlich einiges davon einmal mir gehörte. Schade«, sagte sie zu Arrietty, »dass wir diese Inventurliste nicht behalten haben«, sie senkte ihre Stimme, »die du auf dem Löschpapier gemacht hast, weißt du?«

Arrietty nickte. Wegen dieser Möbel würde es noch Streit geben, das konnte sie spüren. Plötzlich fühlte sie sich sehr müde. Es wurde zu viel geredet, und die überfüllte Küche war viel zu warm.

»Wer hat sie denn geliefert?«, fragte Pod überrascht. »Irgendein menschliches Wesen?«

»Das nehmen wir an«, sagte Hendreary. »Sie lagen auf der anderen Seite der Böschung. Kurz nachdem wir aus dem Dachsbau herausmussten und in den Herd einzogen …«

»In welchen Herd?«, fragte Pod. »Doch nicht der am Lagerplatz?«

»Doch, genau«, sagte Hendreary. »Wir haben dort zwei Jahre lang gelebt.«

»Für meinen Geschmack etwas zu dicht bei den Zigeunern«, sagte Pod. Er schnitt sich eine ziemlich große Scheibe von einer gekochten Kastanie ab und bestrich sie dick mit Butter. Er dachte an den Knochenhaufen, der neben dem Herd gelegen hatte.

»Aber man muss in der Nähe sein, wenn man borgen will«, erklärte Hendreary, »ob man es nun mag oder nicht.«

Pod, der gerade in seine Kastanie beißen wollte, hielt erstaunt inne: »Du hast aus den Wohnwagen geborgt?«, rief er. »In deinem Alter?!«

Hendreary zuckte leicht mit den Schultern und schwieg bescheiden.

»Also, das hätte ich ja nie …«, sagte Homily bewundernd. »Das ist vielleicht ein Bruder! Stell dir mal vor, was das bedeutet, Pod.«

»Ich stelle es mir vor«, sagte Pod. Er hob den Kopf. »Was hast du gegen den Rauch getan?«

»Es gibt keinen Rauch«, erklärte Hendreary, »wenn man mit Gas kocht.«

»Mit Gas!«, rief Homily aus.

»Genau. Wir haben ein bisschen Gas von der Gasgesellschaft geborgt. Sie haben an der ganzen Böschung entlang eine Gasleitung gelegt. Der Herd lag auf dem Rücken, erinnerst du dich? Also haben wir uns durch ein Abzugsrohr in den Boden gegraben und mindestens sechs Wochen im Tunnel verbracht. Aber es hat sich schließlich gelohnt: Drei Flammen hatten wir da unten.«

»Wie habt ihr sie an- und ausgedreht?«, fragte Pod.

»Gar nicht. Wir haben sie einmal angezündet und dann nicht wieder ausgemacht. Sie brennen heute immer noch.«

»Du meinst, ihr geht immer noch dahin zurück?« Hendreary gähnte und schüttelte den Kopf. Sie hatten reichlich gegessen, und die Küche war warm. »Spiller wohnt dort«, sagte er.

»Oh!«, rief Homily. »Jetzt wissen wir, wie Spiller gekocht hat! Er hätte es uns ruhig sagen können«, fuhr sie gekränkt fort. »Oder uns zumindest einladen können.«

»Das würde er nicht tun«, entgegnete Hendreary. »›Gebranntes Kind scheut das Feuer‹, wie man so schön sagt.«

»Wie meinst du das?«, fragte Homily.

»Nachdem wir den Dachsbau verlassen hatten ...«, fing Hendreary an und brach ab. Obwohl er lächelte, schien er sich ein bisschen zu schämen. »Nun, dieser Herd war eine seiner Wohnungen. Er lud uns zu einem Imbiss ein, und wir blieben ein paar Jahre.«

»Als ihr das Gas gefunden hattet, meinst du«, sagte Pod.

»Genau«, sagte Hendreary. »Wir haben gekocht, und Spiller hat geborgt.«

»Aha!«, sagte Pod. »Spiller hat also geborgt? Jetzt verstehe ich ... du und ich, Hendreary, wir müssen den Tatsachen ins Auge sehen: Wir sind nicht mehr so jung, wie wir mal waren. Schon lange nicht mehr.«

»Wo ist Spiller denn jetzt?«, fragte Arrietty plötzlich.

»Oh, er ist weggegangen«, sagte Hendreary vage. Er schien ein bisschen verlegen und saß mit gerunzelter Stirn am Tisch. Er trommelte mit einem Zinnlöffel auf die Tischplatte. (Ein Löffel von sechs, dachte Homily verärgert. Sie fragte sich, wie viele wohl noch übrig waren.)

»Wohin weggegangen?«, fragte Arrietty.

»Nach Hause, schätze ich«, sagte Hendreary.

»Aber wir haben uns gar nicht bei ihm bedankt!«, rief Arrietty. »Spiller hat uns das Leben gerettet!« Hendreary schüttelte seine Schwermut ab. »Wie wär's mit einem Gläschen Brombeerlikör?«, schlug er Pod plötzlich vor. »Selbstgemacht! Das wird uns allen guttun.«

»Für mich nicht«, sagte Homily bestimmt, bevor Pod etwas sagen konnte. »Daraus entsteht nichts Gutes, wie wir am eigenen Leib erfahren mussten.«

»Aber was wird Spiller von uns denken?«, beharrte Arrietty, und Tränen standen ihr in den Augen. »Wir haben uns noch nicht einmal bedankt.«

Hendreary sah sie überrascht an. »Bei Spiller? Der hält nicht viel von Bedanken. Das ist schon in Ordnung …«, und er tätschelte Arriettys Arm.

»Warum ist er nicht zum Abendessen geblieben?«

»Er bleibt nie«, erklärte ihr Hendreary, »er schätzt die Gesellschaft nicht besonders. Er wird sich selbst etwas kochen.«

»Wo?«

»In seinem Herd.«

»Aber der ist doch meilenweit weg!«

»Nicht für Spiller. Er ist daran gewöhnt. Er fährt einen Teil der Strecke auf dem Wasser.«

»Und es wird schon dunkel«, fuhr Arrietty unglücklich fort.

»Jetzt mach dir mal keine Sorgen um Spiller«, sagte ihr Onkel. »Iss deine Pastete auf …«

Arrietty blickte auf ihren Teller, der aus rosa Kunststoff war und zu einem Teeservice gehörte, an das sie sich zu erinnern meinte. Irgendwie hatte sie keinen Appetit. Sie hob den Kopf. »Und wann kommt er wieder?«, fragte sie besorgt.

»Er kommt nicht oft. Eigentlich nur einmal im Jahr, wegen seiner Winterkleidung. Oder wenn der kleine Tom ihn extra vorbeischickt.«

Arrietty sah sehr nachdenklich aus. »Er muss sich einsam fühlen«, sagte sie schließlich.

»Spiller? Nein, das glaube ich nicht. Manche Borger sind eben so. Einzelgänger. So was kommt hin und wieder vor.« Er blickte durch den Raum, wo seine Tochter, die vom Tisch aufgestanden war, allein am Feuer saß. »Eggletina ist auch ein bisschen so. Man kann nichts dagegen tun. Das sind die Borger, die diesen Hang zu Menschen haben, so 'ne Art ›Menschenfresser‹, könnte man sagen.«

Als Lupy ausgeruht war und sich wieder zu ihnen gesellte, fing alles wieder von vorne an: Sie redeten und redeten und redeten … und Arrietty schlich sich unbemerkt aus der Küche. Doch auch als sie durch die anderen Zimmer schlenderte, konnte sie noch hören, was sie sagten. Sie sprachen darüber, wie sie sich nun arrangieren sollten, wie sie die Zimmer weiter oben einrichten wollten, über die Schwierigkeiten, die es nun in ihrem Leben geben würde, und über die Regeln, die man aufgestellt hatte, um diese Schwierigkeiten zu umgehen: dass man die Leiter jede Nacht hochziehen musste, aber sie niemals anfassen dürfe, solange die Männer noch außer Haus wären, dass die Jungen draußen in die Lehre gingen, einer nach dem anderen, aber dass die Frauen in alter Borgertradition zu Hause bleiben mussten. Sie hörte, wie ihre Mutter Lupys Angebot, die Küche mitzubenutzen, ablehnte. »Danke, Lupy«, sagte Homily. »Das ist sehr nett von dir, aber wir fangen lieber gleich so an, wie wir auch gedenken weiterzuleben, findest du nicht? Jeder für sich.«

»Und so fängt es wieder an«, dachte Arrietty, als sie in das nächste Zimmer trat und sich in einen steifen Lehnstuhl setzte. Aber wenigstens waren sie nicht mehr unter dem Fußboden, diesmal würden sie ein bisschen höher wohnen, zwischen Holz und Putz. Statt staubigen Gängen würde es Leitern geben, und diese Plattform, hoffte sie, könnte vielleicht ihr Gitter ersetzen.

Sie blickte sich in dem vollgestellten Zimmer um: Die Überbleibsel des Puppenhauses sahen auf einmal irgendwie albern aus, alles war nur Schein, kaum etwas war wirklich nützlich. Die falschen Kohlen im Kamin sahen abgenutzt aus, so als hätte Lupy sie zu oft geschrubbt, und auf der gemalten Fensteraussicht waren Fingerabdrücke zu sehen. Sie schlenderte auf die Plattform hinaus. Mit all dem Staub und den Schatten konnte man den Eindruck bekommen, man sähe hinter die Kulissen einer Bühne, wenn Arrietty so etwas gekannt hätte. Die Leiter stand auf ihrem Platz, ein Zeichen dafür, dass noch jemand draußen war, aber in diesem Fall wohl weniger »draußen« als »fort«. Der arme Spiller. »Einzelgänger« hatten sie ihn genannt. »Vielleicht«, dachte Arrietty voller Selbstmitleid, »ist es das, was mit mir los ist …«

Unter sich sah sie einen freundlichen schwachen Lichtschein. Arrietty griff mit wild klopfendem Herzen nach der Leiter und setzte ihren Fuß auf die erste Sprosse. Wenn ich es jetzt nicht tue, dachte sie verzweifelt, am ersten Abend, dann traue ich mich wahrscheinlich nie mehr. Es gab zu viele Regeln in Tante Lupys Haus, zu viele Personen, und die Zimmer waren zu dunkel und zu heiß. Vielleicht gibt es noch etwas anderes für mich – einen Ausgleich, dachte sie. Ihre Knie zitterten leicht, als sie begann, die Leiter hinabzusteigen. Aber das muss ich selbst herausfinden.

Bald stand sie wieder in der staubigen Eingangshalle. Sie sah sich um und blickte dann nervös in die Höhe. Im Gegenlicht sah sie die Spitze der Leiter und die scharfe Kante der Plattform. Plötzlich bekam sie Angst: Wenn nun jemand die Leiter hochzog, weil er nicht wusste, dass sie unten war?

Das schwache Licht kam aus dem Loch in der Wandtäfelung. Die Holzkiste stand aus irgendeinem Grund nicht an der Wand – es gab genug Platz, um hinauszukriechen. Sie wollte noch einen Blick auf den Raum werfen, in den sie der kleine Tom vor einigen Stunden gebracht hatte – sie wollte etwas mehr über diese menschliche Behausung erfahren, die von nun an ihre Welt darstellen würde.

Alles war still, als sie durch die gotische Öffnung glitt. Die Holzkiste stand gute fünf Zentimeter von der Wand entfernt. Es war ganz leicht, hinauszuschlüpfen und ihren kleinen Körper an der Wand entlangzudrücken. Wieder bekam sie Angst: Wenn nun irgendein Mensch plötzlich die Holzkiste an die Wand schob? Sie würde an die Wand gequetscht und erst Jahre später gefunden werden, dachte sie, an die Wandtäfelung gepresst, wie eine seltene Blume. Aus diesem Grund beeilte sie sich, erreichte die Ecke der Holzkiste und trat neben den Herd.

Sie blickte sich im Zimmer um. Sie konnte die Dachbalken erkennen, die Beine eines Windsorstuhls und die Unterseite seines Sitzes. Sie sah eine brennende Kerze auf einem Holztisch, und neben einem der Tischbeine lag ein Haufen mit Pelzen auf dem Boden. Aha, dachte sie, das ist also das Geheimnis von Spillers Garderobe.

Eine weitere Art von Pelz lag auf dem Tisch, gerade unter der Kerze, auf einem Stück Stoff, er war hellgelb und irgendwie rauer. Als sie genauer hinsah, schien er sich zu bewegen. Eine Katze? Ein Fuchs? Arrietty erstarrte, aber sie behielt die Nerven. Jetzt war die Bewegung unverkennbar: Etwas rollte sich auf die Seite und hob sich plötzlich.

Arrietty keuchte – es war nur ein kleines Geräusch, aber es war gehört worden.

Ein verschlafenes Gesicht blickte sie im Kerzenschein an. Es blieb lange still. Schließlich breitete sich ein Lächeln auf dem Gesicht des Jungen aus, nach dem Schlaf sah er sehr jung und harmlos aus. Der Arm, auf dem sein Kopf geruht hatte, lag locker auf dem Tisch, und Arrietty hatte von ihrem Platz aus gesehen, wie sich seine Finger entspannten. Irgendwo tickte eine Uhr über ihrem Kopf. Die Kerzenflamme brannte ruhig und gleichmäßig und erhellte das friedliche Zimmer. Die Kohlen krachten leise, als sie im Kamin zusammenfielen.

»Hallo«, sagte Arrietty.

»Hallo«, antwortete der kleine Tom.

Tagebuch
mit
Sprichwörtern